7. 12. 2000

Für [illegible]
in herzlicher
Verbundenheit
Ines

Ines Oppitz

Geboren in Wels, Ausbildung zur Pflichtschullehrerin in Linz, Schuldienst an Volks- und Hauptschulen, verheiratet, Mutter eines Sohnes. Studium der Literaturwissenschaft und Philosophie an der FU Hagen (sechs Semester), von 1996 bis 1999 Studium der Literaturpädagogik in Wien, Abschluss mit dem Staatsdiplom im April 2000. Zahlreiche Beiträge in Literaturzeitschriften und Anthologien sowie im ORF. Bisher drei Buchveröffentlichungen. Mitglied des Welser Literaturvereins Skriptum, der IG AutorInnen und der Grazer Autorenversammlung.

„Andere drucken Bücher. Ich verlege Autoren."
Dietmar Ehrenreich

Sie möchten die Autorin zu einer Lesung einladen?
Kontaktaufnahme: LITERATURKANZLEI (07228) 6413

CIP-Titelaufnahme der Deutschen Bibliothek
Oppitz, Ines: PATCHWORK
1. Auflage Linz – Wien, Resistenz, 2000
ISBN 3-85285-054-1

Satz & Layout: Walter Hagenberger

»Resistenz bedeutet Widerstandsfähigkeit, und Literatur hat einen so geringen Stellenwert in unserer Gesellschaft, daß es starker Resistenz bedarf, Schriftstellern ein gutes Publikationsforum bieten zu können.«

Ines Oppitz

PATCHWORK

Texte von 1991 bis 1998

Resistenz

PATCHWORK

INDEX

kleine biographische notiz

.... lebe nun nicht mehr im karton mit einem kirschenpaar hinter den ohren wandlosen büchern über dem küchentisch spielkarten darunter gesteckt großvater wußte es ließ mich gewinnen / wuchsen die augen der katze übers gesicht schoben kreise die lider immer weiter zurück die augäpfel hielten sich gut hockte sie klein und überaus artig pinkelte auf den teppich als käme es nicht von ihr / kerzen nahmen die wände weg aus den ecken trieb ich im lichtregen unter dem staub auf jedermann zu jedermann stach mit der nadelspitze unter das mikroskop um mich zu prüfen ob es mich gab wie ich war / wandlose bücher weit über die seilbahnsätze hinaus die einwegsprache zwischen ohrenklappen lippen und mund im wechselbalg der gesichter.......

ERSTER TEIL

IM AUFBRUCH DAS GEHEN

DAS SCHWEIGEN. DER GAST. DIE STILLE. EIN ORT.

(zu Marguerite Duras „ Vera Baxter
oder die Atlantikstrände „ und
Die Orte der M. Duras / Duras, Michelle Porte,
edition suhrkamp)

DAS SCHWEIGEN. DER GAST. DIE STILLE. EIN ORT.

Die Geschichte fängt an. Fängt an vor dem Gehen.
Wird erzählt. Jede gelebte Geschichte wird erzählt. Sie kann nicht vor aller Augen gelebt werden. Sie wird gelebt, und schon wird sie erzählt. Wird *vor dem Nachdenken gelebt.* So findet sie keine Antwort.
Der Ort ist das Fragen. Er mag prachtvoll sein und angefüllt. Verrücktes zieht von Ecke zu Ecke, baumelt von der Decke, bindet Wasser, täfelt das Holz, spricht in Versen von einer Silbe zur andern, kichert im Flausch der Gardinen. Ein Vorhang ist der Ort. Ein Tanz in der Halle. Der Ort ist ein Narr.
Ist ein Haus. In den Räumen des Hauses. Das Schweigen zwischen den Wänden. *Die Vergangenheit einer Scheune* unter dem Dach. Ohne Inschrift.
Erinnerung.
Er ist die Geschichte aus dem Mund eines Narren. Der Ort ist hohl. Durchquert von Erinnerung. Ist die Erinnerung täglich zum ersten Mal und das ungewohnte Vergessen.
Er ist eine Geschichte von innen. Der Ort ist ein Park. Der Beginn eines Waldes. Der Wald beginnt am Ende des Parks. Der Wald ist der Ort. Ein Ort voll von Angst ist der Wald. Er wird bestraft. Die Furcht des Waldes ist hart wie ein Schuß. Ein Schutz ist der Wald. Ein Lauschen. Er schweigt. Er schützt metallisches Licht vor an den Stämmen und die gelbe Sonne über den Rain hin. Er ist die Geschichte nach innen. Das Streifen. Die wirkliche Reise. Musik ist der Wald, eine Partitur, Tasten über die Säume am Ende des Blicks.
Arpeggio. Gebrochene Schritte.
Die Sätze am Morgen noch jung und verderblich.
Schrittfolge im Haus.
Der Park zieht vorüber. Das Meer ist eine Vermutung.
Es rauscht weiß, Winter im Licht, Farben gellen im Gehen. Hänge und der Ort im Netz zwischen den Dingen. Er taucht

aus der Nacht gebleicht, wie von Salz, weicht zurück in den Abend.
Sur mer.

Die Geschichte fängt an.
Glaubt, neu zu beginnen.
Wir rücken näher heran.
Der Ort mag ein Raum sein. Ein Zimmer, ein Stuhl, eine Bar mit dem Rücken zu uns.
Er schlägt eine Musik vor.
Er schlägt seine Wände zurück.
Er zieht vorüber im Park eines Hauses als Haus.
Er ist in den Räumen.
Er liegt bewohnt gegenüber.
Er ist das Schweigen zwischen den Wänden aus Glas.
Er läßt die Beobachtung nicht ein. Sie setzt den Fuß nicht dazwischen.
Oftmals jedoch wirft sie sich selbst als Schmerz zurück auf sich selbst.
Sie kommt aus der Tiefe des Raumes. Erschrickt vor der Flüssigkeit ihres Gesichts.
Durch die Wände aus Glas sehen wir die Geschichte von außen.
Der Ort mag eine Halle sein. Ein Tanz in der Halle. Ein Narr. Er erzählt.
Lautlos die Geschichte von außen. Sie dringt gedämpft in die Geschichte von innen. Mit dem Rücken zu uns. Wir fahren hinter ihr her.

Der Ort ist eine Bar.
In der Mitte der Gast. Er hört zu.
So hören wir zu. Wir rücken näher heran.
Winterlicht rauscht gelb in der Geschichte von innen. Gelb wie Ginster im Mai. Gelb wie die Sonne über den Rain hin. Wie die Sänfte des Abends. Wie Gelb, wenn es hell ist.
Sur mer.

Die Geschichte von außen feiert winters den Sommer. Hinter der Glaswand tanzt in seiner Vielfalt der Ort. Er ist ein Narr. Er findet Einwände gegen sich selbst. Er ist eine Musik. Ein Geräusch. Er ist Lärm. Er ist flüssig und breitet sich über die Glaswand aus. Die Glaswand beginnt zu vibrieren. Der Ort wirft in Wellen um sich, taucht auf an anderen Stellen. Taucht ein in die Dichte der Farben, in ihre Gewalt.
Wir bleiben fern.
Die Geschichte von außen sinkt leise zurück.
Sinkt in das Meer. In den Sand. Weiß, eine Bewegung. Auch Hänge im Wind.

Der Gast tritt auf die Glaswand zu.
Der Ort in der Geschichte von außen ist nun der Hang eines Hügels gegenüber dem Meer.
Er ist auch ein Haus im Park eines Hauses.
Eine Terrasse mit Säulen. Er ist dunkel. Die Terrasse ist weiß im offenen Licht.
Die Geschichte von außen rückt näher heran. Wir fahren ihr entgegen.

Die Geschichte von außen und die Geschichte von innen schauen einander an.
Der Gast lauscht. Also, wir lauschen.
In der Geschichte von außen beginnt es zu läuten.
Es läutet aus dem Haus in den Park eines Hauses. Der Gast wendet den Kopf zurück gegen die Mitte der Bar. Es ist still. Der Ort in der Geschichte von innen wird eine Stimme. Der Gast wird in einen Dialog hineingezogen. Vorerst sind es nur Augen. Dann ein, zwei Sätze. Eine Frage. Die Antwort ist eine Vermutung. Sie muß keine Lüge sein. Sie ist eine von unzähligen Möglichkeiten.
Die Geschichte von außen schlägt in Wellen gegen die Glaswand. Sie dröhnt. Die Glaswand erzittert, wird dünn, weitet sich aus, um nicht zu zerspringen. Die Antwort in der Geschichte von innen nimmt die Erschütterung auf. Sie ist eine

schillernde Verschiebung. Ihre Töne verfärben, vertiefen sich, modulieren sich neu, wie gespult. Sie artikuliert sich nicht mehr. Die Geschichte von außen und die Geschichte von innen greifen kurz und heftig ineinander.
Wir fahren gegen die Mitte des Ortes. Der Ort ist eine Bar.
Die Töne ebben ab, die Geschichte von außen zieht sich zurück, grollt wie unter der Erde.
Es ist still.

Der Gast wird ein dritter. Er wird in einen Dialog hineingezogen. Bleibt vorerst draußen.
Es hört einer besser zu, wenn ein anderer zuhört. Zwei hören besser zu als einer. Vor allem, wenn einer ein dritter ist. Der Gast muß nicht vorgeben, zuzuhören. Er muß vielmehr vorgeben, nicht zuzuhören. Er hört zu. So hören wir zu.
Der Dialog bricht in Stücke. Geht an vielen Stellen des Ortes verloren. Versickert in Ritzen. Rollt sich in Ecken zusammen. Knüllt sich zu Staub. Er schweigt.
Die Geschichte von außen stürzt unvermutet und schrill gegen die Glaswand. Schießt grell wie ein Blitz. Wird beißender Spott. Die Glaswand klirrt. Die Augen des Gastes weiten sich. Blicken entsetzt. Starren durch die Glaswand in die Geschichte von außen. Wir verharren in der Mitte des Ortes der Geschichte von innen.

Der Ort in der Geschichte von außen ist eine Terrasse mit Säulen.
Er ist ein Haus im Park eines Hauses.
Er ist Lärm.
Klänge.
Eine Musik.
Auf der Terrasse mit Säulen tanzt eine Frau.
Mit geschlossenen Augen ist sie allein auf der Welt.
Wir rücken näher an sie heran.
Die Augen des Gastes spinnen sich ein in die rhythmischen Gesten der Frau.

Er ist gebannt.
Ist umstrickt.
Wie gelähmt.
Mit dem Rücken zu uns.

Wir fahren zurück in die Mitte des Ortes.
Der Ort ist eine Bar.
Die Bar ist verwaist.
Der Gast ist ein regloser Ort.
Vom Eingang her Stimmen. Steigen auf. Verwehen wie Watte.
Gleiten dahin an der Decke.
Vertraut. Zaghaft verborgen. Versteckt.
Der Gast wendet sich um zur Mitte des Ortes.
Er ist wie ein anderer vor ihm. Er ist Erinnerung.
Sein Blick geht durch die Dinge des Ortes.
Wie neu. Er ist fern. Der Gast nickt.
Es ist still.

Der Ort in der Geschichte von außen ist eine Terrasse mit Säulen. Sie ist weiß.
Dahinter das Haus.
Aus dem Haus fließt gelb das Licht vor die Tür. Es ist Nacht.
Der Gast ist erneut an die Glaswand getreten. Er steht mit dem Rücken zu uns.
Wir rücken näher heran.
Verharren knapp hinter dem Rücken des Gastes.

Der Ort der Geschichte wirft in Bildern um sich.
Er ist Flur.
Ist ein Zimmer.
Ein Schritt.
Arpeggio.
Eine Folge von Schritten.
Eine Vielfalt von Stimmen, ein Dialog.
Ein Bett, eine Reise, Hänge im Wind, geschlossene Fensterläden, ein Rauschen, weiß auf dem Meer, Bedrohung und Ruhe.

Abschied und Angst.
Strand. Wald. Ein Schrei. Ohne Menschen. Ohne Gehör.
Ein Lauschen, Geräusch und Musik.
Ein Stürzen im Sand.
Ein Versinken.
Eine Vielfalt von Stimmen.
Rückkehr, Erinnerung.
Ein ungewohntes Vergessen.
Ist Stille.

Er ist ein Mann und eine Frau.
Das Schweigen zwischen den Sätzen.
Auf der Suche das Weinen.
Fassade, eine Versteinerung.
Weiß.

Der Gast starrt durch die Glaswand. Stirn, Augen und Nase liegen im Schatten hinter dem Spiegel. Hart Unterkiefer und Mund. In der Milde des Lichts. Er steht aufrecht. Beherrscht. Die Arme wie Stücke zur Seite gestreckt. Das Ballen der Fäuste. Das Öffnen.
Die Frau auf der Terrasse allein. Geht kraftlos in ein, zwei Schritten zur Wand. Gebrochene Schritte. Hält inne. Leicht vornübergebeugt. Den Kopf gesenkt.
Der Gast stürzt zur Mitte des Ortes. Zum Ausgang der Bar. Hinaus aus der Geschichte von innen.
Die Bar ist verwaist.
Wir sind nun die Geschichte von innen in einer einsamen Bar.

In der Geschichte von außen erscheint aus dem Dunkel des Parks die Gestalt eines Mannes.
Tastet sich den Kiesweg hinauf zur Terrasse des Hauses.
Tritt zögernd an die Seite der Frau. Rechts aus der Ferne des Spiegels. Aus der Tiefe des Raums. Gegenüber.
Die Frau hebt wie aus Trauer den Kopf. Neigt ihn aus halber Drehung dem Mann zu.

Der Ort in der Geschichte von außen ist ein Haus im Park eines Hauses.
Am Ende des Parks ist der Wald.
Der Park ist der Beginn eines Waldes.
Der Ort in der Geschichte von außen ist eine Terrasse mit Säulen.
Weiß in der Nacht.
Er ist gelbes Licht aus dem Innern des Hauses. Ist still.
Ist das Schweigen zwischen den Wänden. Zwischen den Sätzen.
Auf der Suche die Frage. Gelebt und erzählt.
Ist Erinnerung.
Im Aufbruch das Gehen.
Das ungewohnte Vergessen.
Ein Mann und eine Frau.

DIE ENTFÜHRUNG DER ELENA S.

1.

Ich stand am Rande des Gehsteigs. Oft stehe ich am Rande des Gehsteigs und lasse den Straßenverkehr an mir vorüberziehen. An diesem Tag, an den ich mich übrigens nur mit äußerster Konzentration erinnere, hatte ich das Gefühl, nicht vorhanden zu sein. Niemand nahm von mir Notiz, sosehr ich mich auch bemühte, den Blick der Vorübergehenden einzufangen. Niemand schien mich auch nur flüchtig wahrzunehmen. Ich stand und hielt die Bordkante verzweifelt mit meinen Augen fest. Ihr Saum krümmte sich, schlängelte sich nach außen, innen, das Brennen meiner Augäpfel warf ein Seil vor meine Füße, das sich wand, verdünnte, sich abhob von der rauhen, schmutziggrau gemaserten Fläche des Gehsteigs, dem schwarzen Rand der Straße unmittelbar darunter. Der Boden unter meinen Sohlen schien sich zu entziehen. Ich mußte sofort einen Beweis für mich finden. Ich mußte auf der Stelle etwas für mich tun. Jeder hat seinen Weg, seinen Ort, heißt es doch, jeder hat seine Unverwechselbarkeit, und der Name eines jeden ist in das unendliche Buch des Universums geschrieben. Jeder hat seine innere Stimme, sagt der Priester, wenn es mich überkommt und ich auf meinem Sonntagsweg durch die Stadt die schwere Kirchentür mit meiner rechten Schulter aufstemme. Ich horche eine Weile hin, was er sagt, man müsse nur hinhorchen, sagt der Priester, tief in sich hinein, dort erhebe sich die innere Stimme und weise einem den Weg und den Ort. So viele Stimmen, ineinander verschlungene, einander überlagernde,, tonlose Laute, verzerrt wie auf einer zu langsam laufenden Schallplatte aus unzähligen Mündern gekurbelt. - Sie beschatten ihn, hörte ich plötzlich an meinem Rücken eine Frau zu einer anderen sagen. Ich wendete meinen Kopf nach rechts und bemühte mich, über meine rechte Schulter zu schauen. Ich konnte die Frauen nur aus dem rechten äußeren Augenwinkel sehen und erinnere mich ihrer nicht. Es fielen zwei Schatten vor mich hin auf die Straße. Zwei.

Man sagt, ich hätte Elena S. entführt.
Auf der Brücke über den Schienen, sagen sie.
Über den Bienentänzen der Züge.
Über dem A - Ton, wenn in der Ferne ein Zug zum Stehen kommt.

Es mag auf der Brücke über dem Fluß geschehen sein, denke ich.
Ich weiß nichts davon. Ich weiß nur, daß ich oft auf der Brücke über dem Fluß gewesen bin. Auf der Brücke über den Schienen hingegen war ich nie. Daran erinnere ich mich.
An jenem Tag, an dem ich Elena S. entführt haben soll, war kaum etwas zu sehen. Ich war auf der Brücke über dem Fluß. Der Fluß unter mir stieß Grau oder vergilbtes Weiß in die Luft. Oder die Luft atmete Schwaden über den Fluß, oder es war, weil so vieles in der Stadt atmete, daß die Schwaden hinzogen und immer wieder eine andere Stelle, einen anderen Wellenkamm des Flusses von West nach Ost freiließen. Es schmatzte um den Rumpf der Kähne, die an die Böschung getäut lagen. So ist es bei Flüssen und Kähnen, und manchmal rieb sich die Kette am Rumpf und es knirschte, und ein Licht schoß auf und zerriß.

Es muß auf der Brücke über dem Fluß geschehen sein. Ich erinnere mich nicht. Ich weiß nichts davon. Ich habe Elena S. nicht entführt.

Die Häuser jenseits des Flusses hielten weißgrell die Stadt ab. Es war zu hören. Es besaß einen Klang. Es mußte die Dämmerung des Morgens oder des Abends gewesen sein. Ich kann es nicht sagen.

Ich stand allein auf der Brücke. Und ich stand fest. Ich erinnere mich nicht, jemals so fest an einem Ort gestanden zu sein. Ich hatte die Beine durchgestreckt und leicht gegrätscht, sodaß ich auch bei längerem Stehen nicht ins Wanken geriet, und meine Fußsohlen drückten schwer gegen den Betongrund, der mich mit Gegendruck meiner versicherte. Er stimmte mich ruhig und klar und einverstanden mit mir. Wohnhaft, so dachte ich, würde man mich einmal fragen. Auf der Brücke über dem Fluß, würde ich antworten. Ich stand fest und bewegte mich nicht. Mir war, als ob ich immer hier gestanden wäre und mich nie bewegt hätte. Sonst fiel mir nichts ein.
Es kam niemand. Und niemand ging. Niemand lief an mir vorbei, mir nach oder mir entgegen.

Der kleine Hundemischling mit der Kettenmarke um den Hals blieb jäh vor mir stehen. Er schaute mich, die Schnauze lang gegen mich gestreckt, von unten herauf an. Glänzend und kastanienbraun auf makellos weißem Augapfelgrund, weder geädert noch gerötet. Ich sprach zu ihm und betrachtete sein kurzes, gesundes Fell mit den großen braunen und weißen Flecken und dem schwarzen Sattelfleck in Rückenmitte. Er trug weiße Fellstiefelpfoten. Vier. Er tastete sich mit den Vorderpfoten an meinem rechten Bein hoch und roch an meinem Knie. Nach einer Weile sank er zurück auf alle vier Pfoten und begann, einen emsigen Kreis um mich herum zu tappen. Kurze, aufgezogene Steppschritte. Ich konnte das Auftreffen seiner Fußballen und Klauen auf dem Betonboden hören. Ein A - Laut. Kein Ton. Ich hätte ausführlicher mit ihm sprechen sollen. Stattdessen schaute ich ihm von oben herab zu, stellte fest, daß er die Schnauze über den Boden zog und eine Schnur geradeaus, dem Abtritt der Brücke zu. Ich hatte nur kurz den Blick zur Seite geworfen, in den Mehltau über dem Fluß. Als ich mich wieder in Richtung des Hundes wandte, war er verschwunden. Um die Ecke gebogen, die Uferböschung hinab oder sonstwohin. Ich hätte ihn an die Leine meiner Sätze nehmen sollen.

Es mag sein, daß ich auch auf der Brücke über den Schienen war.
Später, als sich mir meine Spur erneut verlor.

Immer wieder gibt es Tage, an denen ich fürchte, nicht sichtbar zu sein. Dann muß ich mir die strahlenförmig auseinanderfahrenden Schachfiguren im Schnee wieder vor Augen führen, die das Profil meiner Schuhsohlen hinterlassen hatte.
Damals stand ich nicht auf der Brücke. Ich ging ziellos den Fluß entlang. Ich fühlte mich rastlos und voller Zweifel. Nichts fiel mir ein, woran ich nicht zweifelte. Am wenigsten dachte ich daran, eine Spur zu ziehen. Doch als ich den Weg zurückging, lagen die Abdrücke meiner Schuhsohlen so deutlich vor mir, wie sie sich vorher eingeprägt haben mußten. Etwa eine Stunde zuvor. Es hatte nicht mehr geschneit, stattdessen stärker gefroren.
Elenas Blick war mühelos durch mich hindurchgedrungen. Sie hatte ihre Augen scharf in die Ferne gerichtet, wo der Fluß den Himmel einfing, als sie mir entgegenkam. In den Sträuchern saß die Wolle vereister Samen, und schwarze Blätter hockten wie kleine erstarrte Vögel in den Zweigen. Elena S. erwiderte mein Lächeln nicht.
Genaugenommen waren wir einander zweimal begegnet. Immer in entgegengesetzter Richtung. Als ich den Fluß nach Osten entlangging, schaute ich ihr geradewegs ins Gesicht. Ein wenig unverschämt, wie es immer wieder geschieht, wenn mir rastlos zumute ist und ich daran zweifle, vorhanden zu sein. Ich mußte mich nicht zwingen, an ihr vorbeizusehen, wenn es mich vielleicht ohnehin nicht gab. So ist es ja für gewöhnlich, daß wir aneinander vorbeisehen im Entgegengehen, als gäbe es keinen von uns.
Elenas Miene war ausdruckslos, ungerührt, wie in die Kälte gebannt, als ich von Westen nach Osten ging. Nach meiner Umkehr kam sie mir wieder entgegen. Diesmal, wie gesagt, lächelte ich. Elena hatte die Linse auf näher gestellt, sodaß ich der Täuschung erliegen konnte, von ihr wahrgenommen zu

werden. Doch - sie erwiderte mein Lächeln nicht. An der Saugstelle, unten am Fluß, lärmten Wasservögel. Zahllos. Möwen, Graugänse, Enten, Schwäne, Haubentaucher und Bläßhühner. Vielstimmiger Hunger schrie aus ihnen, dazwischen gurrten die Tauben. Ein Schwan stieg zu mir herauf und beäugte die Taschen meines Mantels. Als ich die Hände nicht herauszog, zupfte er heftig daran, fauchte und schlug mit den Flügeln. Ich verhielt mich unbewegt, und der Schwan stand still. Daraufhin wendete ich mich zur Seite, um den ausgetretenen Pfad zu überqueren. Da fauchte er abermals und drohte mir wieder. Ich wich einige Schritte zurück, der Schwan folgte mir kurz, zögerte und kehrte zu seinen Gefährten zurück.
Unmittelbar darauf erkannte ich die Abdrücke meiner Schuhsohlen im Schnee. Sie glichen strahlenförmig auseinanderfahrenden Schachfiguren.
Wenig später, so denke ich, habe ich Elena S. entführt.

Sie sagen, ich solle mich erinnern.
Man erinnere sich jener Person, die man entführt hat.
Ich erinnere mich nicht. Ich erinnere mich lediglich einer Person, die nicht Elena S. gewesen sein kann. Ich hätte sie nicht entführt. Sie war klein, zierlich und hatte einen aufgeworfenen Mund. Ich mag Frauen mit aufgeworfenen Mündern nicht. Vor allem mag ich sie nicht, wenn sie sprechen. Aufgeworfene Münder mögen erträglich sein, wenn sie geschlossen bleiben. Sie behalten dann eine Art von Ebenmäßigkeit, die nicht abstößt. Wenn Frauen mit aufgeworfenen Mündern jedoch sprechen, wirft sich der Wulst ihrer Lippen noch üppiger nach außen, sodaß die Oberlippe danach strebt, den Ansatz der Nasenscheidewand zu berühren. Zuweilen setzen Frauen die Wölbung ihrer Lippen nach außen bewußt ein, so denke ich, und ich denke, sie sollten es nicht tun. Die Absicht ist zu deutlich, und es kann nicht ihre Absicht sein, so dümmlich und abstoßend zu wirken. Es sind die einfältigen Lippenbewegungen der Fische, an die sie mich denken lassen, zumal auch die Lider der Augen die kreisrunde Bewegung des Öffnens

übernehmen. Dann muß ich meinen Blick abwenden. Es ist zu beschämend, was ich sehe. Nicht für mich, zugegeben. Aber mein Taktgefühl heißt mich, betreten zur Seite zu schauen, wenn mir die Worte *Luft* oder *Duft* entgegengeblasen werden. Auch fürchte ich das Stülpen der Lippen über mein Gesicht, wenn sie die Worte *Luft* oder *Duft* formen, und nicht selten folgen sie mir in einen meiner Alpträume als riesige Saugnäpfe, die mir den Atem rauben und das Licht vor den Augen verfinstern. Aus solchen Träumen fahre ich keuchend hoch und glaube noch lange danach, zu ersticken.
Elena S. hatte keinen aufgeworfenen Mund. Daran würde ich mich erinnern. Sie hatte kühle, schmale Lippen, wie Notenzeilen, um eine Melodie darauf zu schreiben oder ein stilles Wort wie Schnee. An Elenas Lippen tat sich eine Landschaft auf, weit und ruhig, ohne Bedrängnis und Furcht.

Sie werfen mir vor, etwas zu verschweigen. Und sie glauben, mit mir zu sprechen. Sie zweifeln keineswegs daran, mit mir zu sprechen. Sie sind sich dessen gewiß. Wir sprechen mit Ihnen, sagen sie. Antworten Sie! Zweimal am Tag wollen sie wissen, wie ich Elena S. entführt habe. Wie ich die Entführung geplant und in die Tat umgesetzt hätte. Ich dürfe keine Einzelheiten, keine Überlegung vor, während und nach der Tat vergessen, sagen sie und sprechen mit mir, als sprächen sie mit mir. Ich vergesse nichts, ich habe auch nichts vergessen. Ich habe Elena S. nicht entführt. So erzähle ich ihnen jedesmal etwas anderes, zweimal am Tag. Es sind die unglaublichsten Geschichten, die einander oft widersprechen, miteinander keinen Zusammenhang haben, von überall hergeholt sind. Sie erzählen jedesmal etwas anderes, sagen sie, so kommen wir nicht weiter! Das hat nichts mit einer Entführung zu tun! Ich habe nichts mit einer Entführung zu tun, sage ich, es ist eine Verwechslung. Da sie ungeduldig werden, wenn sie meinen, daß ich etwas verschweige, gebe ich vor, mit ihnen zu reden. Ich nenne Dinge beim Namen, auch wenn ich nicht sicher bin, ob es sich wirklich um jene Dinge handelt, die ich benenne.

Ich habe ja nur ein Bild von ihnen, wenn ich sie benenne. Und ich gebe ihnen ein Bild von sich. Genaugenommen zwinge ich ihnen ein Bild von sich auf. Ob dieses Bild, das ich ihnen gebe, mit dem Bild, das sie selbst von sich haben, in Einklang steht, kann ich nicht wissen. Ich kann auch nicht wissen, ob das Bild, das sich jemand von mir macht, indem er mich bei meinem Namen nennt, mit jenem Bild in Einklang steht, das ich selbst von mir habe. Benennt denn mein Name wirklich, was ich bin? Ich denke selten darüber nach, denn ich lebe schon so lange mit ihm. Ich horche auch sogleich auf, wenn mein Name fällt. Vielleicht haben die Dinge für sich selbst völlig andere Namen, als wir ihnen geben. Sie horchen auch nicht merkbar auf, wenn wir sie benennen. Für gewöhnlich bleiben sie in sich versunken und ungerührt auf ihrem Platz. Es ist also gleichgültig, ob wir sie benennen. Ich denke doch, daß es besser ist, es zu tun, als es zu unterlassen. Wir sprechen sie an, wenn wir sie benennen, sie sind gemeint. Und es ist besser, zu spüren, daß man gemeint ist. Wer einen Namen hat in der Welt, hat einen Ort in der Welt eines andern. Dennoch verschweige ich die Namen der Dinge manchmal, um ihnen keinen falschen Ort zuzuweisen. Allerdings kann das auch im Schweigen geschehen. Denn auch schweigend benenne ich die Dinge. Ich weiß nicht, worin mehr Gewicht liegt.

Bleiben Sie bei der Wahrheit, sagen Sie zweimal am Tag. Die Wahrheit ist, daß ich denke: ich habe Elena S. nicht gekannt.

Zweimal am Tag zeigen sie mir das Bild. Abgedruckt in der Neuen Tagespost. Aufgenommen auf der Brücke über den Schienen. Über den Bienentänzen der Züge. Über dem A - Ton. Schwaden zogen hinter ihm her und unter der Brücke durch, dunkler, *so* scheint es, als die Schwaden über dem Fluß. Grau, genaugenommen, das in schmutziges Schwarz überging. So sagt es das Bild. Es sagt, daß es später Winter gewesen sein muß oder frühes Frühjahr. So sehen die Tönungen aus. Das Bild ist nicht in Farbe gehalten, es verhält sich dezent in

Schwarz und in Weiß. So entspräche es mir. Es verweist auf zwei Menschen. Genaugenommen sieht man nur Köpfe und Schultern. Ein Mann und eine Frau. Die Frau schaut über die linke Schulter geradewegs ins Bild. Ihr Haar ist üppig und schwarz und auf dem Hinterkopf nach oben gesteckt, denke ich. Sie lacht und wirkt fröhlich. Mit der rechten Schulter gehört sie bereits dem Bildhintergrund an. Der Mann betrachtet sie als Profil. Seine Lippen scheinen zu lächeln. Man kann nicht genau sagen, ob seine Augen in das Gesicht der Frau treffen oder knapp daneben. Zweimal am Tag behaupten sie, daß ich dieser Mann sei. Ich betrachte mich prüfend. Ich vollziehe jede Linie meines Gesichts und jede kleinste Fläche nach bis ins kleinste. Es mag ja sein, daß mir der Mann ähnelt. An manchen Tagen glaube ich selber daran, mich zu sehen. An manchen Tagen ist er ein Fremder. So, wie ich an manchen Tagen mir selbst ein Fremder bin. Dann kann ich ihn nicht im geringsten erkennen. Dann habe ich ihn noch nie gesehen. An manchen Tagen ist er für mich nicht zu sehen. Ich sehe ihn nicht, sage ich dann. Machen Sie keine Witze sagen sie. Hier ist ein Mann auf dem Bild, das sehen Sie genauso gut wie wir. Ich sehe nichts, sage ich und lege die Zeigefingerkuppe meiner rechten Hand auf das Bild. Ich lege sie genau dorthin, wo der Kopf dieses Mannes sein soll. Das ist Ihr Kopf, sagen sie, genau dort, wo Sie Ihren Finger hingelegt haben. Ich habe meinen Finger nirgends hingelegt, sage ich, er ist hier an meiner rechten Hand. Werden Sie nicht unverschämt, sagen sie. Sie zeigen mit ihren Fingern auf die Stelle des Bildes, an der der Kopf des Mannes sein soll. Was sehen Sie hier, fragen sie. Nichts, sage ich. Manchmal sehe ich einen dunklen Fleck, das ist wahr. Etwas dunkler als der Bildhintergrund. Aber keinen Kopf oder sonst etwas, das wie ein Kopf aussieht. An manchen Tagen sehe ich einen Kopf, dann sage ich das auch. Aber der Kopf hat mit mir nichts zu tun.

Die Frau auf dem Bild, sagen sie, sei Elena S. Elena S. mit einem Ausstellungsbesucher, steht unter dem Bild. Über Tapisserien ist darunter zu lesen und über die Liebe in warmen dynamischen Farben darauf. Leidenschaftlicher Farbgestus, heißt es, unverbildeter Eros. Eros pur. Meisterlich verwobene Liebe, liebestrunkener Feuerrausch. Auf manchen Exponaten: Amors Vulkan entschleuderter Wahn. Elena S. mit einem Ausstellungsbesucher auf der Brücke über dem Bahnhof, steht unter dem Bild in einem anderen Blatt. Es ist das Blatt für das Volk, sagen sie. So steht es darauf. Auch das zeigen sie mir zweimal am Tag. Elena S. kurz vor ihrer Entführung. Mit einem Ausstellungsbesucher auf der Brücke über den Schienen. Ich sehe darin keinen Zusammenhang. Der Ausstellungsbesucher sind Sie, sagen sie. Und die Frau auf dem Bild ist Elena S. Ich war nie auf der Brücke über den Schienen, sage ich. Und - ich habe Elena S. nie gekannt.

Auf dem Tisch meiner Zelle liegt ein Blatt aufgeschlagen mit der dritten Ausgabe dieses Bildes. Elena S., ist zu lesen, mit einem Ausstellungsbesucher kurz vor ihrer Entführung. Daneben ein langer Bericht mit der fettgedruckten Überschrift ELENA S. SEIT TAGEN VERMISST. Als dieser Artikel geschrieben wurde, war ich noch nicht hier. Als das Blatt aus der Druckerei kam, ging ich durch die Straßen der Stadt, ahnungslos und als freier Mann.

Oftmals hielt ich am Rand des Gehsteiges inne. Wegen des Straßenverkehrs, oder lediglich, um das urbane Treiben zu beobachten. An jenen Tag, als die beiden Frauen über mich hin sprachen, erinnere ich mich nur undeutlich. Vermutlich war es ein Tag wie jeder andere davor. Ich erinnere mich, daß ich einen Tweedmantel trug. Er ist gut gearbeitet und etwas schwer an den Schultern. Jedesmal, wenn ich ihn trage, habe ich das Gefühl, an den Schultern von unsichtbaren Händen niedergedrückt zu werden. An jenem Tag, so erinnere ich mich, war dieses Gefühl auf der rechten Schulter stärker als auf der linken. Ich drehte meinen Kopf weit nach rechts und bemühte mich, mir über die Schulter zu schauen. Es gelang mir nur unzureichend. Ich konnte nichts sehen, konnte keine Erklärung für den vermehrten Druck auf der Schulter finden. Du bildest dir das nur ein, sagte ich mir, und gleich darauf hörte ich eine Frau zu einer anderen sagen: sie beschatten ihn. Ich wußte nichts mit diesem Satz anzufangen, hatte ihn nur vernommen aber nicht wirklich auf mich bezogen. Mit einemmal war mir unbehaglich zumute, grundlos, so dachte ich. Ich beschleunigte meine Gangart und strebte mit dem ungewöhnlichen Druck auf der rechten Schulter meiner Heimstatt zu. Zu Hause angekommen, hängte ich den Tweedmantel in die Garderobe. Ich aß zu Abend, früher an diesem Tag als gewohnt, dann schaltete ich den Fernseher ein, trank Rotwein, nur wenig, und blätterte die Zeitungen durch. ELENA S. SEIT TAGEN VERMISST, las ich in großen, fettgedruckten Lettern, und darunter einen ausführlichen Lebenslauf. Sie mußte eine berühmte und begnadete Künstlerin sein, deren Webteppiche in ganz Europa und darüber hinaus bekannt und begehrt sind. Ich klappte die Zeitungen zu, legte sie übereinander auf den Wohnzimmertisch und hob den Blick gegen das Fenster. Draußen war es schon lange Zeit dunkel. In der rechten oberen Zimmerecke saß eine riesige schwarze Spinne. Ich hatte sie noch nie vorher gesehen, weder in dieser Ecke noch sonst wo. Ich starrte sie an und rührte mich nicht. Auch die Spinne verhielt sich reglos. Als ich aufstand, ohne zu wissen, was nun zu tun sei, war sie verschwunden. Mir war nicht wohl, als ich mich endlich entschloß, zu Bett zu gehen. Ich schloß die Schlafzimmertür mit Nachdruck und drehte den Schlüssel einmal um sich selbst. Noch nie zuvor, so erinnere ich mich, hatte ich die Schlafzimmertür versperrt.

Am nächsten Morgen saß die Spinne auf ihrem Platz. Ich näherte mich ihr mit jagendem Herzschlag und ließ sie nicht aus den Augen. Für den Bruchteil einer Sekunde mußte ich den Blick abgewendet haben, denn als ich sie direkt über meinem Scheitel vermutete, war sie verschwunden. So ging es tagelang, und ich gewöhnte mich daran.

Dann kamen sie. Sie läuteten an der Tür, und ich öffnete. Sie nannten meinen Namen und schienen zu fragen. Ich nickte, da es mein Name war, den sie genannt hatten. Kriminalpolizei, sagten sie, und wiesen ihre Dienstmarke vor. Und - Sie haben Elena S. entführt. Ich habe Elena S. nicht entführt, sagte ich entsetzt. Es muß auf der Brücke über den Schienen gewesen sein, sagten sie. Ich war nie auf der Brücke über den Schienen, antwortete ich bestimmt. Sie blieben unbeeindruckt und hießen mich, einen Mantel anzuziehen, das Nötigste einzupakken und mit ihnen zu kommen. Sie sind verhaftet, sagten sie. Ich weigerte mich, aber es nützte nichts. Ich schlüpfte in meinen Tweedmantel, und sie nahmen mich fest. Seither bin ich hier. Die ganze Fahrt über im Polizeiwagen verspürte ich einen verstärkten Druck auf der rechten Schulter. Ich drehte meinen Kopf nach rechts und versuchte, mir über die Schulter zu schauen. Ich fand für den Druck keine Erklärung. Sie können da nicht raus, sagte einer der Beamten zynisch und meckerte dabei ein wenig. Ich entgegnete nichts.

Die Fahrt führte quer durch die Stadt, und der dichte Straßenverkehr zog an mir vorüber wie ein Film. Er hatte mit mir nichts zu tun. Ein anderer war für meine Fortbewegung verantwortlich. Ich fühlte mich beinahe sorglos, hatte beinahe vergessen, in wessen Auto ich saß und welcher Straftat man mich beschuldigte. Vor dem Tor eines abstoßend häßlichen Gebäudes hielt der Wagen an. Hier sind wir nun, sagte einer der Beamten. Hier bleiben Sie, bis Ihnen eingefallen ist, wie es zur Entführung gekommen ist und wo Sie Elena S. hingebracht haben. Als wir ausgestiegen waren, legte er seine Hand auf meine linke Schulter. Nun war der Druck auf beiden Schultern gleichmäßig verteilt. Das Gebäude war von schmutziggrauer Farbe, Außendispersion übelster Sorte, dachte ich. Die Fenster, die den Einblick in schmutziggraue Räume, so schien es, verwehrten, lagen hinter dicken Gitterstäben, deren schmutziges Weiß an vielen Stellen abgeblättert war. Die Beamten stießen mich in den Rücken und durch das halbgeöffnete Tor. Ein finsterer Gang, dessen gegenüberliegendes Ende nicht auszumachen war, auch, weil er nicht geradeaus verlief, empfing uns. Wie oft wir von einem Gang in den nächsten gebogen waren, kann ich nicht sagen, auch nicht, in welche Himmelsrichtung wir uns jeweils bewegten. Wir gingen, und mir war, als ob wir um des Gehens willen gingen. Keine Fensteröffnung verhalf mir, mich auch nur ungefähr zu orientieren. Wir mußten Stunden gegangen sein, als wir am Fuß einer Treppe anlangten. Einer der Beamten hielt mir die Hände auf dem Rükken zusammen, ein anderer blieb neben mir und legte mir wieder seine rechte Hand auf die linke Schulter. Abermals spürte ich, wie sich der Druck auf beide Schultern gleichermaßen verteilte. So stiegen wir die Treppe hinauf. Bisher hatte ich es noch nicht gewagt, meinen Blick von den Schuhspitzen zu lösen. Ich fürchtete unter anderem, im Halbdunkel über meine Füße zu fallen. Als wir am oberen Treppenabsatz angekommen waren, legte ich den Kopf in den Nacken, um die Höhe des Gebäudes zu ermessen. Die Anzahl der Stockwerke war für mich nicht zählbar. Das Gebäude schien nach oben immer weiter zu wachsen. Das konnte daran gelegen sein, daß über jedes Stockwerk und jeden Gang Netze ausgespannt waren, die die Wirkung eines Kaleidoskops erzeugten. Alles schob sich bei längerem Hinsehen in - und übereinander. Irgendwann blieben wir vor einer schweren, grauschmutzigen Eisentür stehen. In das Türblatt war ein kleines Sichtfenster eingepaßt, das von außen hinter Gitterstäben lag. Einer der Beamten steckte einen ganz gewöhnlichen Schlüssel, wie wir ihn alle einmal in Händen halten, ins Schloß und öffnete die Tür. Dahinter befand sich eine zweite Tür aus hellem Zirbenholz. Beim Anblick dieser Tür stockte mir beinahe der Atem. Niemals, so war ich mir sicher, hätte nur irgendjemand eine solche Tür hinter der Eisentür vermutet. Das Türblatt war nicht durch ein Sichtfenster unterbrochen. Das wunderte mich. Diese Tür war unversperrt und gab den Blick in einen lichtdurchfluteten Raum frei, nachdem einer der Beamten sie mit weitausholender Geste seines rechten Armes aufgestoßen hatte. Auf der gegenüberliegenden Seite des Raumes wehten Baumwipfel hinter einem Fenster, das die Hälfte der Wand einnahm. Zwar war dieses Fenster ebenso mit Gitterstäben gesichert, man hatte sie jedoch sorgsam geschmiedet und mit zierlichen Ornamenten versehen.

Dicht gepflanzte Ulmen um einige Eschen herum nahmen jede Aussicht auf eine eventuell dahinterliegende Landschaft. Ich konnte zum Teil über sie hinwegsehen in den Himmel hinein, jedoch nicht bis an die Grenzen des Hains. Auch hier war Orientierung nur unzureichend möglich, lediglich nach dem Stand der Sonne. Ich schaute die Beamten fragend an, aber an diesem Tag richtete niemand mehr ein Wort an mich. Sie überließen mich schweigend meiner eigenen Ratlosigkeit. Ich hängte meinen Tweedmantel an den Kleiderhaken in der Nische neben dem Waschbecken und nahm gleichzeitig wahr, daß der sonst übliche Spiegel darüber fehlte. Ich suchte daraufhin die Wände ab, konnte jedoch auch an ihnen keinen Spiegel entdecken. Es blieb mir also nur das geöffnete Fenster, wenn ich mich selber betrachten wollte. Es wirft nur ungenau und verschwommen meine Gesichtszüge zurück. An manchen Tagen glaube ich, sie deutlich zu erkennen. Dann wieder könnten es die Züge von irgend jemandem sein, und manchmal sind es niemandes Züge. Nur ein großer dunkler Fleck zeigt sich dann, der unausgesetzt seine Konturen verändert und mit einem Gesicht nicht das geringste gemein hat. Kurz, nachdem ich das Fehlen eines Spiegels bemerkt hatte, fiel mir ein, daß die Beamten mich nach keinerlei Daten befragt hatten. Sie hatten vor meiner Festnahme nur meinen Namen genannt, und nur einmal. Später dann nicht mehr.

Ich rückte den Tisch an das Fenster. Einen hellen Zirbentisch mit schlanken Beinen und elegant gezimmerter Tischplatte. Auch der Stuhl war nicht allzu gewichtig und von gefälliger, unaufdringlicher Form. Ich sah mich prüfend im Raum um und spürte meinem Inneren nach, ob mir diese Veränderung Unbehagen bereitete. Da gewahrte ich auch die Spinne wieder. Wie zu Hause saß sie in der rechten oberen Ecke des Raumes nahe am Fenster. In den ersten Tagen nach meiner Ankunft trachtete ich danach, sie aus dem geöffneten Fenster zu jagen. Doch jedesmal, wenn ich mich ihr näherte, verschwand sie auf rätselhafte Weise. Ich bewohne nur diesen einen Raum, konnte jedoch nie ihren Fluchtort entdecken. Ich konnte auch nie einen Wachebeamten, der zweimal am Tag nach mir schaut und wissen will, wie ich Elena S. entführt hätte und wo sie sich befinde, darum bitten, die Spinne zu entfernen. Denn immer, wenn er die Zelle betrat, blieb sie unsichtbar. Nach einigen Tagen hatte ich mich daran gewöhnt. Nach weiteren Tagen begann ich, mit der Spinne zu sprechen und ihr Teile meiner Mahlzeit zu überlassen. Niemals jedoch konnte ich beobachten, daß sie sich von ihrem Platz wegbewegte. Sie saß stets an derselben Stelle oder sie war verschwunden.

Die Tage verlaufen gleichförmig, unterbrochen durch die zweimalige Befragung der Beamten. Auch sie läßt in ihrer Eindringlichkeit nach. Immer mehr erhält sie einen routinemäßigen Unterton. Immer mehr gewinne ich den Eindruck, daß es sich immer mehr um eine Formsache handelt. Nur einmal noch störte ein Ereignis von außen die Monotonie auf. An einem der bis dahin gleichförmig vergangenen Tage wurden plötzlich zu ungewohnter Stunde meine Zellentüren geöffnet. Ein mir unbekannter Wachebeamter betrat den Raum und trug auf seinen Armen einen riesigen, farbenfroh gewebten Teppich. Ein wahrer Rausch in glühenden Rot- und Gelbtönen, irisierend je nach Einfall des Lichts. Der Beamte breitete ihn auf meinem Tisch aus und sagte, der Teppich wäre für mich abgegeben worden. Von wem, wisse er nicht. Als ich wieder allein war, zog ein Schattenspiel meinen Blick in die rechte obere Ecke des Raumes nahe dem Fenster. Dort drehte sich die Spinne ein paarmal wie verrückt um die eigene Achse, ließ sich an einem kräftigen Faden von der Decke baumeln, schaukelte übermütig, kroch wieder zurück und wiederholte den Vorgang etliche Male.

Gegen Abend saß sie im oberen Drittel der Nordwand meiner Zelle genau am Längsmittelpunkt. Als mir der Wachebeamte die Abendmahlzeit brachte, bat ich ihn, den Teppich an diesem Punkt an der Wand zu befestigen.

Eine Woche danach legten sie mir die Seite acht der Neuen Tagespost auf den Tisch. Aktuelles. Genaugenommen heute morgen. KEIN FORTSCHRITT IN DEN ERMITTLUNGEN ZUM ENTFÜHRUNGSFALL ELENA S. las ich in fettgedruckten Lettern. Der verdächtige Ausstellungsbesucher ist noch immer in Haft und leugnet jeden Zusammenhang seiner Person mit dem Verbrechen. Seine Identität ist nach wie vor ungeklärt.
Es ist spät. Draußen ist es schon lange Zeit dunkel. Ich habe weder zu Mittag noch am Abend eine Mahlzeit bekommen.......

GRADIVA

(zur gleichnamigen Novelle von Wilhelm Jensen
aus dem Jahr 1903)

Ein Bild.
Aus dem Stein gelöst.
Mit dünner Schneide. Zärtliche Pinselstriche über dem Staub.
Lippen gespitzt und Hauch.
Nach dem Leben.
Der linke Fuß kraftvoll aufgesetzt. Das Bein aus dem Gelenk nach vor gestellt, leicht abgewinkelt das Knie.
Der rechte: kleine entschlossene Flutwelle, nach oben schießend unter den Kleidsaum. Der Bogen nach unten gespannt.
Schwung aus den Zehen zum Schritt.
Wellenspiel / Wasserspiel / fließender Fall des Gewandes, an der Hüfte geschürzt, der Rumpf aufrecht. Halslilie / Lilienhals, der Kopf in Anmut geneigt, Woge des Turbans auch Haar. Griechisch klar das Profil, Gedankengerade von der Nasenspitze zum Knie.
Hingegeben an die Bewegung des Schreitens.
Sie ist jung.
Achtzehn vielleicht.
Eben erblüht wie die Glockenkelche des Asphodelos.
Das weiße Vergessen.

Zweitausend Jahre.

Sie ist jung.
Achtzehn vielleicht.
Ahmt diese Haltung nach. Den Ansatz des Schreitens.
Spürt die befreite Kraft im Rücken. Die lustvolle Spannung des Bogens im rechten Fuß.
Fühlt wie der Boden zurückweicht, gleitet und schwebt.
Heute.

Die Stadt.
Auf den Trittsteinen über dem Weg.
Zu Ceres.
Zu Apoll. Auf der Via Marina, der südlichen Seite.
Zum Tempel.

Damals.
Aus dem Himmel der Aschenregen.
Über Pompeji. Herkulaneum.
Er kann der Bewegung nicht glauben.
Sieht sie an. Sieht hin. Immer wieder.
Möchte sie warnen.
Sie setzt ihren Weg fort. Beachtet ihn nicht.
Entschwindet im Peristyl, von neun Säulen umgeben.
Er folgt.
Sie läßt sich auf den Tempelstufen nieder.
Apoll. Umfaßt mit den Armen die Knie. Legt ihren Kopf darauf, erblaßt.
Alabasterweiß.
Marmor.
Der Schlaf.
Feuer aus der Erde zum Himmel geschickt.
Asche die Antwort.
Das Meer schlägt an. Steinplateau wie ein Schiff.
Das Meer poltert. Stampft.
Heute die Stadt.
Marmor und Bronze von damals.
L'Ingresso.

Die Geisterstunde des Mittags.
Diese Nacht mitten am Tag.
Stumm die Zikaden.
Die aufgesogenen Schatten. In die Dinge geschlürft.
Schlaf der Töne auf dem Gestein.
Eidechsenschlaf.
Eidechsenflucht.

Die Bewegung des Schreitens.
Der angehobene Fuß. Kleine Flutwelle nach oben. Der Bogen nach unten gespannt.
Die Wirklichkeit einmal und noch einmal.
Immer wieder.
Rediviva.
Gradiva.
Geht ins Haus.
Er folgt.
Sie sitzt zwischen zwei gelben Säulen auf niedrigen Stufen, die Knie bedeckt von einem großen weißen Blatt.
Er spricht sie an. Griechisch. Latein.
Sie antwortet ihm in seiner eigenen Sprache.
Ein Schmetterling landet vor ihrem Fuß. Distelfalter?
Sie erhebt sich, entschwindet zwischen den Säulen des Innenhofes.
Ihre Stimme. In einer verwandelten Sprache. Für ihn.
Hotel Diomede.
Hotel Suisse.
Er findet sie nicht wieder.
Die Mittagsstunde ist vorüber.
Schatten wachsen schwarz an die Füße der Dinge.
Liberti, Haus der Vettier. Des Meleager.
Glockenkelche des Asphodelos am Porticus.

Der nächste Tag.
Oh, daß du wärest und lebtest!
Heute die Stadt.
Sie tritt zwischen den Säulen ans Licht.
Wieder die Stimme. Die verwandelte Sprache.
Ein langes Gespräch.
Sandfarbene helle Schuhe anstatt der Sandalen.
Sie ist jung.
Achtzehn vielleicht.
Vielleicht zweitausend Jahre.
Der kraftvoll aufgesetzte Fuß. Links.

Die aufschießende Flutwelle rechts. Der nach unten gespannte Bogen.
Sie spürt die befreite Kraft im Rücken. Fühlt, wie der Boden zurückweicht. Gleitet und schwebt.
Gradiva, sagt er.
Zoe, sagt sie. Zoe, das Leben.
Asphodelos. Das weiße Vergessen.

Zurück. Ein lachender Ruf.
Vogel über der Trümmerstadt. Archäopteryx.
Damals.
Die Stadt.
Heute.
Flügel schimmernd über dem Trittstein.
Papyros, denkt er.
Papier. Skizzenbuch mit Entwürfen, Gravur. Unterpfand einer Wiederkehr?
Verborgenes Motiv.
In der Mauer des Porticus ein schmaler Spalt.
Nicht die Erde hat sich aufgetan. Durch den Spalt ging sie zurück in die Unsichtbarkeit.
Gradiva.
Ein Schatten zergeht am Ende der Gräberstraße vor der Villa des Diomedes.
Ob man ihre Hand fassen könnte? Von welcher Beschaffenheit sie wohl sei?
Was wäre zu spüren?

Albergo del Sole.
Eine Metallspange mit grüner Patina in der Hand des gesprächigen Wirts.
Er habe geholfen, das junge Liebepaar aufzufinden, sagt er Auszugraben. In der Gegend des Forums. Eng umschlungen.
Aus der Zeit, als Pompeji in Asche lag.
Die Metallspange des Mädchens.
Marmor? Der Schlaf?

Auf den Tempelstufen? Apoll?
War sie weitergegangen damals, um ihn zu treffen, mit dem sie gestorben war? Um zu sterben mit ihm?
War sie d a s Mädchen?
Die Metallspange Gradivas?
Feuerstiche hinter dem Brustbein. Holperndes Herz, Tachykardie. Röte den Hals hinauf übers Gesicht. Feuer bis in die Augen.

Vor dem Haus des Meleager: bist du allein?
Sie nehmen Platz auf den Stufen.
Schimmerndes. Seide?
Papier. Weißbrot.
Sie teilt es mit der öffnenden Geste ihrer Hände.
Hände wie schlanke Schalen. Die Finger schmal.
Sie reicht ihm eine Hälfte des Brotes.
Verzehrt die andere mit blitzenden Zähnen.
Es knirscht an der Rinde.
Gradiva?
Zoe.

Schon vor zweitausend Jahren, sagt sie, saßen wir so und teilten das Brot.
Sie hat die Mahlzeit beendet. Ihre Hände ruhen auf den Knien.
Eine Fliege auf dem Rücken der linken Hand.
Entrüstet fährt seine rechte hoch.
Schlägt klatschend auf die linke Hand der Gradiva.
Mit gebrochenen Flügeln fällt die Fliege zu Boden.
Flügelseide.
Wie rudernd gegeneinander versetzt. Ruder aus dem Gelenk gedreht.
Das Gleichmaß zerstört.
Bist du verrückt, Norbert Hanold, ruft sie.
Bist du verrückt?
Sein Name!
Ohne ihn je vor ihr ausgesprochen zu haben!

Gradiva! Vor zweitausend Jahren!
Ihre Hand so lebendig. Wie von heute!
Warm und vom Schlag gerötet.
Bist du verrückt?
Ihre Stimme! Die verwandelte Sprache.
Verwirrt, sagt er. Ich bin völlig verwirrt.
Mein Name! Und deine Hand!
Wie von heute!

Von gegenüber.
Im Rücken der lachende Ruf eines Vogels.
Archäopteryx.
Wie ein Ruf von zu Hause.
Von gegenüber.
Auf der anderen Seite der Straße, sagt sie.
Ich sehe dich täglich, Norbert Hanold.
Und mein Kanari singt, wenn er dich sieht.
Manchmal klingt es wie Lachen.

Sie steht auf. Schürzt mit beiden Händen ihr Kleid.
Schiebt das linke Bein aus dem Hüftgelenk nach vor, winkelt das Knie ab.
Setzt den Fuß kraftvoll auf den nächsten Trittstein.
Der rechte Fuß schießt wie eine kleine entschlossene Flutwelle unter den Kleidsaum, der Bogen nach unten gespannt. Schwung aus den Zehen zum Schritt. Aufrecht der Rumpf, Halslilie / Lilienhals, in Anmut geneigt der Kopf, Woge des Turbans auch Haar.
Schreiten im Feuer der Sonne.
Sie geht voran. Als ob sie den Boden verließe.
Strada consolare. Herkulestor.
Gradiva rediviva.
In sandfarbenen Schuhen.
Zoe.
Von gegenüber.

ZWEITER TEIL

IRRITATION

WORKSHOP

Bericht einer Irritation
Pantomime in acht Aufzügen

Personen:
Samuel / Sam: bereitet die Requisiten für einen Workshop zur Malerei vor, der in Kürze stattfinden soll.

Ort der Handlung:

ein Galerieraum mit leeren, kalkweißen Wänden, der an der Westseite durch einen schwarzen Vorhang abgeschlossen ist. An der Südseite des Raumes steht eine dunkelbraune, frischlackierte Tür aus schwerem Holz, ins Innere des Raumes weisend, offen. Sie ist alt, ein Kreuz teilt sie in vier Felder, die je ein erhabenes Rechteck bilden. Durch das Rechteck des rechten oberen Feldes verläuft diagonal (mathematisch gesehen von D nach B, von links oben nach rechts unten, oder von B nach D, von rechts unten nach links oben) ein millimeterdicker Sprung. Der frische Glanz der Tür wirkt in Zusammenhang mit dem Sprung im Rechteck des rechten oberen Feldes befremdend. Der Fußboden des leeren Raumes ist mit naturgebeizten, ungehobelten, ebenfalls frisch lackierten Brettern ausgelegt, die sich stellenweise nicht dicht aneinander fügen. Der Raum wird tags durch ein weißgestrichenes Fenster mit Fensterkreuz von der Nordseite her spärlich erhellt, eine moderne Lichtschiene, die die Zimmerdecke von Süden nach Norden der Länge nach unterteilt, stellt die eigentliche Lichtquelle dar. Die Atmosphäre des Raumes wirkt gleichfalls befremdend, offensichtlich wurde der Raum einem neuen und ungewohnten Verwendungszweck angepaßt.

Requisiten:

Hinter dem schwarzen Vorhang an der Westseite des Raumes befinden sich: ein großer, weißer Tisch, dessen Tischplatte mit einem schwarzen, ungefähr eine halbe Daumenspanne breiten Rand umsäumt ist, ein kleinerer, völlig weißer Tisch, ein weiterer kleiner Tisch, ebenfalls weiß. Zehn Stühle in Weiß, eine Zweiliterflasche Wein, zehn Weingläser, Zeichenblätter, weiß, in ausreichender Größe und Anzahl, um die Tischplatte des großen, weißen Tisches völlig zu bedecken. Ferner zehn Bleistifte von unterschiedlicher Länge, eine Bleistiftspitzmaschine, ein trockenes und ein feuchtes Tuch.

Langsam nähern sich außerhalb des Raumes Schritte wie über eine Treppe. Vermutlich im Flur, dem eigentlichen Galerieraum vermutlich vorgelagert, angekommen, halten sie kurz inne und schlurfen daraufhin an die Schwelle und an die offenstehende Tür von außen heran. Sam, über den es nichts Außergewöhnliches zu sagen gibt, an dem nichts wirklich Außergewöhnliches festzustellen ist, auch nicht ausdrücklich das Tragen einer Brille, der sich, sorgsam gekleidet und gekämmt, nicht ausdrücklich von den unzähligen Sams in dieser Stadt und anderen Städten unterscheidet, verharrt auf der Schwelle und betrachtet die alte, dunkelbraun gestrichene, frischlackierte Tür aus schwerem Holz mit dem millimeterdicken Sprung diagonal (von D nach B oder B nach D) durch das rechte obere Rechteck.

Er beugt seinen Oberkörper aus den Hüften leicht nach vor, läßt seine Hände an zurückgelegten, auf dem Rücken kaum angewinkelten Armen wie nach Halt suchend fest ineinandergreifen, seinen Hals straff aus dem Genick nach vor schnellen, so, als wollte er mit angespanntem Halsmuskel und Kinn, den Unterkiefer sichtbar gegen den Oberkiefer gepreßt, genau die Tiefe des Sprungs ermessen, und gibt vernehmliche Schnuppergeräusche von sich. Er verharrt so für eine kurze Weile, richtet sich auf und blickt an seinen Hosenbeinen entlang ratlos zu Boden. Er wiederholt den Vorgang einige Male, öffnet den Griff seiner Hände, baumelt wie absichtslos mit dem linken Arm an der linken Körperseite und legt wie abschließend mit halb ausgestrecktem rechtem Arm die Spitze des Zeigefingers seiner rechten Hand an das obere Ende des Sprunges, Punkt D, zeichnet ihn nach bis zum unteren Ende, Punkt B. Noch einmal richtet er seinen Blick mit ernster, undeutbarer Miene und aufrechter Körperhaltung auf das rechte obere Rechteck der Tür wie auf ein Bild, folgt in einer

langgezogenen Bewegung der Augen und des Kopfes dem Sprung und betritt anschließend den Raum. Eine Diele des ungehobelten, naturgebeizten, frischlackiert glänzenden Bretterbodens knarrt leise, worauf Sam in den Raum hineinhorcht - regungslos mit abermals leicht vorgeneigtem Oberkörper, ebenso vorgestrecktem Hals und erhobenem, nach links gewendetem Kopf, sodaß sein rechtes Ohr mit der Mitte des Raumes auf einer imaginären Geraden zu liegen kommt.
Sam wagt sich in die Mitte des Raumes vor, mit der sein rechtes Ohr auf einer imaginären Geraden zu liegen gekommen war, und dreht sich trippelnd und mit nach rechts gewendetem Kopf bei aufrechter Körperhaltung einmal um die eigene Achse, wie, um das ungebrochene Weiß der Wände zu prüfen. Mit nachdrücklichen, die stille, luftgefüllte Leere des Raumes aufwirbelnden Schritten strebt er dem Vorhang zu und verschwindet dahinter.
Unmittelbar darauf zieht er einen großen, rechteckigen Tisch auf die Bühne.

Die Beleuchtung des Raumes erlischt
für kurze Zeit.

Sam schiebt den Tisch bis zur Mitte des Raumes, sodaß seine Schmalseiten nach Süden und Norden gerichtet sind. Der Tisch ist weiß, seine Tischplatte umsäumt von einem schwarzen, eine halbe Daumenspanne breiten Rand. Am oberen Südende des Tisches preßt Sam mit ausgestreckten Armen, vorgeschobenen, hochgezogenen Schultern, gekrümmtem Rükken und hängendem Kopf beide Handflächen flach auf die Tischplatte, wie um festzustellen, ob sie Kommendem standhalte. Sein Körper schnellt straff empor, sein Blick fällt geradewegs und unverwandt auf den schwarzen, eine halbe Daumenspanne breiten Rand. Eine kurze Weile verharrt er mit ernster, undeutbarer Miene, dann beginnt sein Kopf ruckartig dem rechteckigen Verlauf des Randes zu folgen. Er wiederholt diesen Vorgang einige Male, mißt mit halb ausgestrecktem

rechtem Arm die Breite des Randes zwischen Zeigefinger und Daumen der rechten Hand und fährt so die Tischkante entlang. Sein Blick hebt sich, richtet sich auf die Schwärze des Vorhanges und fällt zurück auf die Schwärze des Randes wie zum Vergleich. Wie einverstanden nickt Sam mit dem Kopf. Plötzlich weiten sich seine Augen, die Lippen öffnen sich wie staunend oder in aufsteigendem Schrecken. Er starrt auf die weiße Tischplatte. Langsam führt er seinen rechten Arm mit gestrecktem Zeigefinger der rechten Hand an die Tischplatte heran und zeichnet wieder und wieder mit dessen Spitze eine unregelmäßige Rundung nach. Sam reißt die Hand zurück an den Mund, benetzt die Spitze des Zeigefingers der rechten Hand mit der Spitze seiner Zunge zwischen den Lippen. Wie gehetzt reibt er mit der benetzten Zeigefingerspitze der rechten Hand in unregelmäßiger Rundung über eine Stelle der weissen Tischplatte. Er wiederholt den Vorgang einige Male und wischt mit seinem rechten Rockärmel nach. Eine kurze Weile blickt er ratlos oder mit ernster, undeutbarer Miene, wirbelt den Körper herum, kehrt der weißen Tischplatte den Rücken zu, beide Handflächen hinter sich gegen die Tischkante der nach Osten weisenden Längsseite gedrückt. Er hält die Lider halb über die Augen gesenkt, dann wirbelt sein Körper erneut herum, seine Augen suchen nach der unregelmäßigen Rundung auf der weißen Tischplatte und folgen schneller und schneller werdend ihrer Kontur. Ohne den Blick von der Stelle zu lösen, läuft Sam um den Tisch herum, stürzt daraufhin zur Tür, legt die Spitze des gestreckten Zeigefingers der rechten Hand auf das obere Ende des Sprunges, Punkt D, zeichnet ihn nach bis zum unteren Ende, Punkt B, schaut hinter sich auf die weiße Tischplatte und entschwindet hinter den Vorhang.
Mit einem Tuch in der rechten und einem Tuch in der linken Hand kehrt er gemessenen Schrittes wieder.
Er tritt an den Tisch heran und beginnt, mit dem Tuch in der rechten Hand die Stelle der unregelmäßigen Rundung auf der weißen Tischplatte in entschlossenen, kreisenden Bewegungen zu bearbeiten. Er reibt, schneller und schneller werdend,

hebt das Tuch in der rechten Hand dicht an die Augen heran, schaut auf die weiße Tischplatte, wischt mit dem Tuch in der linken über die Stelle der unregelmäßigen Rundung, wiederholt den Vorgang einige Male. Dann schlägt er den Rücken der rechten Hand, die Finger klamm um das Tuch geschlossen, vor den Mund, starrt mit geweiteten Augen auf die Stelle der unregelmäßigen Rundung auf der weißen Tischplatte und verharrt so für eine kurze Weile. Daraufhin läuft Sam um den Tisch herum, geht mit raschen, geräuschvollen Schritten zur Tür, legt die Spitze des gestreckten Zeigefingers der rechten Hand, die übrigen Finger klamm um das Tuch geschlossen, auf das obere Ende des Sprunges, Punkt D, zeichnet ihn nach bis zum unteren Ende, Punkt B, und blickt wie angstvoll mit halb nach links gewendetem Kopf in die Richtung der unregelmäßigen Rundung auf der weißen Tischplatte. Mit dem Tuch in der rechten und dem Tuch in der linken Hand entschwindet er hinter den Vorhang und kehrt mit einem kleinen Stoß blütenweißer Zeichenblätter in den Armen zurück.

Die Beleuchtung des Raumes erlischt für kurze Zeit.

Sam beginnt genau und mit äußerster Sorgfalt, gegen die nach Westen weisende Längsseite des rechteckigen Tisches gelehnt, die weiße Tischplatte mit den blütenweißen Zeichenblättern auszulegen. Ein Zeichenblatt kommt auf die Stelle der unregelmäßigen Rundung auf der weißen Tischplatte zu liegen. Sam blickt auf, hebt wie lauschend den Kopf, neigt ihn leicht nach rechts, beäugt die Stelle des blütenweißen Zeichenblattes, die auf die Stelle der unregelmäßigen Rundung auf der weißen Tischplatte zu liegen gekommen war, schnellt mit dem rechten Arm nach vor, lüftet mit der rechten Hand das Zeichenblatt und läßt es gleich darauf, wie von einem schwachen Stromstoß durchzuckt, wieder sinken.
Eine kurze Weile verharrt er in aufgerichteter Körperhaltung ratlos oder mit ernster, undeutbarer Miene, dann wirbelt sein

Körper herum. Sam stürzt zur Tür, legt die Spitze des gestreckten Zeigefingers der rechten Hand auf das obere Ende des Sprunges, Punkt D, zeichnet ihn nach bis zum unteren Ende, Punkt B, wendet den Kopf mit einer ruckartigen Bewegung dem Vorhang zu, schwenkt den Kopf zurück und blickt angewidert auf die mit blütenweißen Zeichenblättern ausgelegte Tischplatte des rechteckigen Tisches. Er stürzt abermals an die nach Westen weisende Längsseite des Tisches heran, tastet mit der rechten Hand nach vor, lüftet zwischen Zeigefinger und Daumen der rechten Hand das Zeichenblatt, nähert sich langsam mit der linken, mißt zwischen Zeigefinger und Daumen der linken Hand die Breite des schwarzen Randes, der die weiße Tischplatte umsäumt. Wie von einem schwachen Stromstoß durchzuckt, läßt er das Zeichenblatt gleich darauf wieder sinken. Sein Körper wirbelt herum, er wendet den Kopf mit einer ruckartigen Bewegung der Tür zu, blickt angewidert auf das rechte obere Rechteck wie auf ein Bild, folgt mit einer langgezogenen Bewegung des Kopfes dem durch das rechte obere Rechteck der Tür diagonal verlaufenden Sprung von links oben, Punkt D, nach rechts unten, Punkt B und umgekehrt, verharrt wie angewurzelt für eine kurze Weile, senkt den Oberkörper leicht nach rechts, stößt sich mit der Sohle des linken Fußes vom Boden ab und entschwindet fluchtartig hinter den Vorhang.
Mit einem Stapel von weißen Stühlen kehrt er zurück.

Die Beleuchtung des Raumes erlischt
für kurze Zeit.

Sam stellt den Stapel von weißen Stühlen genau in die Mitte zwischen Vorhang und Tisch und beginnt, ihn mit äußerster Sorgfalt, Stuhl an Stuhl, Armlehne an Armlehne, um den Tisch herum anzuordnen. An jeder Schmalseite des Tisches finden knapp zwei Stühle Platz, an jeder Längsseite drei.
Wie abschließend geht Sam um den Tisch herum, legt die Handfläche seiner linken Hand jeweils auf den Berührungs-

spalt zweier Armlehnen, in der Summe achtmal, tritt, mit dem Rücken gegen den Vorhang gewendet, ein bis zwei Schritte zurück, neigt den Kopf gegen die linke Schulter, verharrt so für eine kurze Weile, nickt einige Male kaum merklich jedoch wie zufrieden. Plötzlich weiten sich seine Augen, die Lippen öffnen sich wie staunend oder in aufsteigendem Schrecken. Wie furchtsam hebt Sam den rechten Arm bis an die Mitte des Körpers, führt ihn an die mit blütenweißen Zeichenblättern ausgelegte Tischplatte heran, ahmt zwischen Zeigefinger und Daumen der rechten Hand die Spannbreite des schwarzen, nunmehr gräulich durch die blütenweißen Zeichenblätter schimmernden Randes nach und legt sie so an die Tischkante der nach Westen weisenden Längsseite des Tisches. Unsicher, wie irritiert, dann schneller und schneller werdend fährt er, die Spannbreite des schwarzen, nunmehr gräulich durch die blütenweißen Zeichenblätter schimmernden Randes zwischen Zeigefinger und Daumen der rechten Hand einhaltend, die Tischkante entlang. An der Ausgangsstelle angekommen, verharrt er eine kurze Weile in aufgerichteter Körperhaltung ratlos oder mit ernster, undeutbarer Miene, dann beginnt er, die blütenweißen Zeichenblätter so aneinander zu legen, daß sie innerhalb des schwarzen, eine halbe Daumenspanne breiten Randes zu liegen kämen. Doch stets ragt ein Zeichenblatt über den schwarzen, eine halbe Daumenspanne breiten Rand hinaus. Abermals verharrt Sam mit leicht nach vorn geneigtem Kopf eine kurze Weile ratlos oder mit ernster, undeutbarer Miene, dann strafft sich sein Oberkörper aus der Hüfte heraus, und er beginnt erneut, die blütenweißen Zeichenblätter so aneinander zu legen, daß sie innerhalb des schwarzen, eine halbe Daumenspanne breiten Randes zu liegen kämen. Doch stets ragt ein Zeichenblatt über den schwarzen, eine halbe Daumenspanne breiten Rand hinaus. Mit fliegenden Griffen, schneller und schneller werdend, wiederholt Sam den Vorgang einige Male, hält inne mit fliegendem Atem, sich keuchend hebender, senkender Brust, rund aus den Höhlen tretenden Augen und weitgeöffnetem Mund. Er senkt den Kopf leicht nach rechts, beäugt schräg die mit blütenweißen Zeichenblättern so ausgelegte Tischplatte, daß stets ein Zeichenblatt über den schwarzen, eine halbe Daumenspanne breiten Rand hinausragt, verschränkt beide Arme, in den Ellenbeugen angewinkelt wie schützend vor der Mitte seines Körpers und beginnt anschließend langsam und mit äußerster Sorgfalt, die blütenweißen Zeichenblätter so anzuordnen, daß sie die weiße Tischplatte Rand an Rand bedecken und ihre äußersten Ränder mit den äußersten Rändern der Tischkanten abschließen.

Sam verharrt eine kurze Weile in aufgerichteter Körperhaltung ratlos oder mit ernster, undeutbarer Miene, dann führt er den rechten Arm zögernd an die mit blütenweißen Zeichenblättern ausgelegte Tischplatte heran, ahmt zwischen Zeigefinger und Daumen der rechten Hand die Spannbreite des schwarzen, nunmehr gräulich durch die blütenweißen Zeichenblätter schimmernden Randes nach und setzt sie so auf der Tischkante der nach Westen weisenden Längsseite des Tisches auf. Er schlägt die rechte Hand vor den Mund, erstarrt mit geweiteten Augen, läuft um den Tisch herum, geht mit raschen, geräuschvollen Schritten zur Tür, hebt den rechten Arm an das rechte obere Rechteck heran, legt die Spitze des gestreckten Zeigefingers der rechten Hand auf das obere Ende des Sprunges, Punkt D, zeichnet ihn nach bis zum unteren Ende, Punkt B, schwenkt den Kopf mit einer ruckartigen Bewegung gegen die rechte Schulter, stößt sich mit der Sohle des linken Fußes vom Boden ab und entschwindet hinter den Vorhang.

Mit einem kleineren, rechteckigen Tisch kehrt er zurück.

Die Beleuchtung des Raumes erlischt
für kurze Zeit.

Sam stellt den kleineren, rechteckigen Tisch in die westliche Ecke des Raumes. Der Tisch ist weiß, seine Tischplatte ist von keinem schwarzen, eine halbe Daumenspanne breiten Rand umsäumt. Eine kurze Weile blickt Sam ratlos oder mit ernster, undeutbarer Miene auf die weiße Tischplatte des kleineren, rechteckigen Tisches in der westlichen Ecke des Raumes, dann dreht er sich ein viertelmal auf der Ferse des rechten Fußes um die eigene Achse, tritt an die nach Westen weisende Längsseite des großen Tisches heran, verrückt einen Stuhl, rückt ihn genau und mit äußerster Sorgfalt wieder zurecht, fügt ihn Armlehne an Armlehne an den nächsten Stuhl, hebt den rechten Arm bis an die Mitte des Körpers, nähert ihn zögernd der mit blütenweißen Zeichenblättern ausgelegten Tischplatte, ahmt zwischen Zeigefinger und Daumen der rechten Hand die Spannbreite des schwarzen, nunmehr gräulich durch die blütenweißen Zeichenblätter schimmernden Randes nach und setzt sie so auf der Tischkante der etwa nach Westen weisenden Längsseite des Tisches auf. Daraufhin dreht er sich ein viertelmal auf der Ferse des linken Fußes um die eigene Achse, tritt an den kleineren, rechteckigen Tisch in der westlichen Ecke des Raumes heran, lehnt sich gegen die nach Süden weisende Schmalseite des kleineren, rechteckigen Tisches und starrt auf die weiße Tischplatte, die von keinem schwarzen, eine halbe Daumenspanne breiten Rand umsäumt ist. Sam wirbelt herum, stürzt an die nach Westen weisende Längsseite des großen Tisches heran, schnellt den rechten Arm nach vor, lüftet zwischen Zeigefinger und Daumen der rechten Hand wie in aufsteigendem Schrecken das Zeichenblatt über der Stelle der unregelmäßigen Rundung auf der weißen Tischplatte, läßt es gleich darauf wie von einem schwachen Stromstoß durchzuckt, wieder sinken, hastet zur Tür, legt die Spitze des gestreckten Zeigefingers der rechten Hand auf das obere Ende des Sprunges, Punkt D, zeichnet ihn nach bis zum unteren Ende, Punkt B, verschwindet hinter dem Vorhang, stürzt zurück an die nach Westen weisende Längsseite des großen Tisches, zählt die Anzahl der Stühle, indem der Zeigefinger der rechten Hand des halb erhobenen, im Ellenbogen zu einem gerade noch spitzen Winkel gebeugten rechten Armes wie ein Krummschnabel über jedem Stuhl

durch die Luft hackt, dreht sich auf der Ferse des rechten Fußes einhalbmal um die eigene Achse und entschwindet hinter den Vorhang.
Mit einem Tablett voll von Gläsern kehrt er zurück.

Die Beleuchtung des Raumes erlischt
für kurze Zeit.

Sam tritt an die nach Süden weisende Schmalseite des kleineren, rechteckigen Tisches heran, zählt von dort aus die Anzahl der Stühle, die genau und mit äußerster Sorgfalt Armlehne an Armlehne um den großen Tisch herum angeordnet sind, indem er jedem Stuhl einmal mit dem Kopf zunickt und beinahe unmerklich die Lippen bewegt, und stellt die entsprechende Anzahl von Gläsern kreisrund in die Mitte der weißen Tischplatte des kleineren, rechteckigen Tisches. Er wendet den Kopf halb nach rechts, hebt den Blick schräg von unten gegen den großen Tisch, zählt, den Kopf im Uhrzeigersinn rukkend und die Lippen beinahe unmerklich bewegend, noch einmal die Anzahl der Stühle, blickt zurück, zählt, die Augen beinahe unmerklich bewegend, die Anzahl der Gläser, nickt und verschwindet mit dem leeren Tablett hinter dem Vorhang.
Mit einer Weinflasche im Zweilitermaß kehrt er wieder.
Er tritt an die nach Süden weisende Schmalseite des kleineren, rechteckigen Tisches heran, läßt die Weinflasche mit der linken Hand kurz über der weißen Tischplatte schweben und stellt sie behutsam in die Mitte des von den Gläsern gebildeten Kreises.
Seitlich halb über die weiße Tischplatte gelehnt, den linken Arm ausgestreckt in die obere Hälfte der nach Süden weisenden Schmalseite des kleineren, rechteckigen Tisches gestützt, vollzieht Sam die kreisförmige Anordnung der Gläser mit einer bedächtig kreisenden Bewegung des Kopfes nach. Plötzlich weiten sich seine Augen, die Lippen öffnen sich wie staunend oder in aufsteigendem Schrecken, sein Kopf schnellt straff aus dem Genick und beschreibt ruckartig die rechteckige Form

der weißen Tischplatte des kleineren Tisches. Eine kurze Weile verharrt Sam ratlos oder mit ernster, undeutbarer Miene, dann wiederholt er beide Vorgänge, schneller und schneller werdend, wie zum Vergleich. Er hält inne mit zu beiden Seiten des Körpers angelegten Armen, die Beine in der Stellung des Kontrapost, sein linker Arm fährt zögernd aus leicht angewinkelter Ellenbeuge über die kreisförmig angeordneten Gläser hin, senkt sich, seine linke Hand erfaßt das erste Glas, und Sam beginnt nach und nach, die Gläser in der Form eines Rechteckes um die Flasche herum, parallel zu den Tischkanten des kleineren Tisches anzuordnen. Daraufhin stützt er den linken Arm durchgestreckt an die obere Hälfte der nach Süden weisenden Tischkante, neigt den Kopf gegen die linke Schulter, läßt den Blick schräg nach oben auf der rechteckigen Anordnung der Gläser parallel zu den Tischkanten des kleineren Tisches ruhen. Er nickt einige Male wie einverstanden mit dem Kopf. Sein Körper wirbelt herum, und Sam entschwindet mit beschwingten, geräuschvollen Schritten hinter den Vorhang.
Mit einer Bleistiftspitzmaschine in der linken und einer Handvoll von Bleistiften in der rechten Hand kehrt er zurück.

Die Beleuchtung des Raumes erlischt
für kurze Zeit.

Sam tritt an die nach Süden weisende Schmalseite des großen Tisches heran. Er stellt die Spitzmaschine vor sich auf die mit blütenweißen Zeichenblättern ausgelegte Tischplatte. Wie von einem schwachen Stromstoß durchzuckt, reißt er den linken Arm zurück und preßt ihn steif gestreckt an die linke Seite seines Körpers. Mit dem rechten Arm nähert er sich der mit blütenweißen Zeichenblättern ausgelegten Tischplatte, um die Bleistifte neben der Spitzmaschine aufzureihen. Sams Augen weiten sich, er schüttelt energisch den Kopf, sein linker Arm stößt aus der Ellenbeuge geradewegs nach vor, seine linke Hand umfaßt ungelenk wie eine Zange die Spitzmaschine,

Sam stürzt an die nach Süden weisende Schmalseite des kleineren Tisches heran, stellt die Spitzmaschine hastig auf die weiße Tischplatte, reißt den linken Arm zurück und preßt ihn steif gestreckt an die linke Seite seines Körpers. Mit dem rechten Arm nähert er sich der weißen Tischplatte, um die Bleistifte neben der Spitzmaschine aufzureihen. Mit geweiteten Augen faßt Sam die rechteckige Anordnung der Gläser um die Flasche im Zweilitermaß parallel zu den Tischkanten des kleineren Tisches ins Visier, zeichnet sie mit dem Kopf nach, umgrenzt mit ruckartiger Bewegung des Kopfes das Rechteck der Tischplatte des kleineren Tisches, wendet den Kopf halb nach rechts, schraubt den Blick schräg von unten gegen den großen Tisch wie zum Vergleich, kehrt mit den Augen zurück an den kleineren Tisch, führt den linken Arm zögernd an die Spitzmaschine heran, ergreift sie vorsichtig mit der linken Hand, betrachtet sie in Augenhöhe und stellt sie, den Oberkörper beinahe im rechten Winkel aus der Hüfte weit nach vor gebeugt mit beinahe durchgestreckten Knien auf den Boden. Der Fußboden besteht aus naturgebeizten, ungehobelten, frischlackierten Brettern, die sich stellenweise nicht dicht aneinander fügen. Der frische Glanz der Bretter läßt sie unbenutzt und befremdend erscheinen, die Bohlen selbst sind von Rissen durchzogen. Die Spitzmaschine steht schräg auf einer gewölbten Diele mit der sanften Erhöhung eines Astauges. Mit aus der Hüfte weit vorgebeugtem Oberkörper sinkt Sam in die Knie, preßt den Oberkörper hockend gegen die Oberschenkel, rollt das Gewicht seines Leibes ab von den Fersen zu den Zehenspitzen. So verharrt er mit geweiteten Augen und geöffneten Lippen wie staunend oder in aufsteigendem Schrecken, nähert sich mit dem linken Arm zögernd den Dielen, streicht mit der Handfläche der linken Hand und den Fingerkuppen sorgsam über die Wölbungen der Bretter und die sanften Erhöhungen der Astaugen. Seine Augäpfel springen unruhig hin und her, sein Kopf ruckt nach links und rechts, seine rechte umklammert, den Ellenbogen seitlich an den Körper gepreßt, die Bleistifte, sodaß die Knöchel der Fingergelenke weiß und hart unter der gespannten Haut hervortreten. Sein linker Arm schnellt gegen die Spitzmaschine, die linke Hand umfaßt sie ungelenk wie eine Zange, reißt sie vom Boden hoch, setzt sie abrupt, wie von einem schwachen Stromstoß durchzuckt, zurück, mit der Handfläche und den Fingerkuppen der linken Hand streicht Sam über die Wölbungen der Bretter und die sanften Erhöhungen der Astaugen, seine rechte umklammert, den Ellenbogen seitlich an den Körper gepreßt, die Bleistifte, sodaß die Knöchel der Fingergelenke weiß und hart unter der gespannten Haut hervortreten. Sams Körper schießt in die Höhe, Sam taumelt herum, stürzt an die nach Westen weisende Längsseite des großen Tisches heran, starrt auf die Stelle des blütenweißen Zeichenblattes, die auf die Stelle der unregelmäßigen Rundung auf der weißen Tischplatte zu liegen gekommen war, sein linker Arm schnellt nach vor, zwischen Zeigefinger und Daumen der linken Hand lüftete er das Zeichenblatt, Sam schließt die Lider, läßt das Zeichenblatt abrupt wie von einem schwachen Stromstoß durchzuckt sinken, ahmt zwischen Zeigefinger und Daumen der linken Hand die Spannbreite des schwarzen Randes, der die Tischplatte des großen Tisches umsäumt und nunmehr gräulich durch die blütenweißen Zeichenblätter schimmert, nach, setzt sie so auf der Tischkante der nach Osten weisenden Längsseite des Tisches auf, fährt hastig die Tischkanten entlang, während er um den Tisch herumläuft und die Bleistifte mit der rechten umklammert, sodaß die Knöchel seiner Fingergelenke weiß und hart unter der gespannten Haut hervortreten. Er stürzt zur Tür, legt die Spitze des gestreckten Zeigefingers der linken Hand an das obere Ende des Sprunges, Punkt D, zeichnet ihn nach bis zum unteren Ende, Punkt B, taumelt herum, stolpert, die Bleistifte mit der rechten Hand umklammernd, hinter den Vorhang. Mit einem weiteren kleineren, rechteckigen Tisch kehrt er zurück.

Die Beleuchtung des Raumes erlischt
für kurze Zeit.

Sam zieht den weiteren kleineren, rechteckigen Tisch, der nunmehr der kleinste rechteckige Tisch in diesem Raum ist, mit einer Längsseite an die Südwand des Raumes heran, sodaß der innere Stuhl an der südlichen Schmalseite des großen Tisches an die östliche Schmalseite des weiteren kleineren rechteckigen Tisches, der nunmehr der kleinste Tisch in diesem Raum ist, anschließt. Die Tischplatte ist weiß und von keinem schwarzen, eine halbe Daumenspanne breiten Rand umsäumt. Mit gestrecktem rechtem Arm, die rechte Schulter zum rechten Ohr hochgezogen, stützt Sam die Faust seiner rechten Hand, die die Bleistifte umklammert, sodaß die Knöchel seiner Fingergelenke weiß und hart unter der gespannten Haut hervortreten, auf die nach Osten weisende Schmalseite des kleinsten Tisches, drückt einige Male dagegen, wie um zu prüfen, ob sie Kommendem standhalte, läßt seinen Blick mit einer langgezogenen Drehung des Kopfes zur rechteckigen, weißen Tischplatte des kleineren Tisches, der nunmehr der größere Tisch in diesem Raum ist, und zur rechteckigen Anordnung der Gläser um die Flasche im Zweilitermaß mit dem runden Flaschenboden zurückwandern, richtet ihn erneut nach rechts auf die weiße Tischplatte des kleinsten Tisches, ummißt sie mit ruckartigen Bewegungen des Kopfes, schreitet mit nachdrücklichen, ausholenden Schritten auf die Spitzmaschine zu, die immer noch schräg auf einer der gewölbten Dielen mit der sanften Erhöhung eines Astauges steht, beugt seinen Oberkörper beinahe im rechten Winkel mit beinahe gänzlich durchgestreckten Knien aus der Hüfte weit nach vor, senkt seinen linken Arm nach unten, umfaßt mit der linken Hand bedächtig die Spitzmaschine, hebt sie hoch, richtet sich auf, schlendert an die nach Norden weisende Längsseite des kleinsten Tisches heran, stellt die Spitzmaschine in die Mitte der weißen, rechteckigen Tischplatte. Sie ruht als zylindrisch metallener Körper auf einem rechteckigen, metallenen Fuß. Ihre Höhe entspricht etwa einer Spanne zwischen Daumen und Zeigefinger, ihre Länge einer und einer halben Spanne zwischen Daumen und Mittelfinger. Mit dem Zeigefinger der linken Hand prüft Sam den rechteckigen Grundriß der Spitzmaschine und das Rechteck der weißen Tischplatte des kleinsten Tisches wie zum Vergleich. Er winkelt den linken Arm leicht an, umrundet mit der Zeigefingerspitze der linken Hand die Oberfläche des liegenden zylindrischen Körpers der Spitzmaschine mit der runden Einspitzöffnung, reißt seine Hand wie von einem schwachen Stromstoß durchzuckt, zurück, ohne vorerst den Blick vom langgestreckten runden Leib der Maschine zu lösen, gewahrt daraufhin die rechteckige Anordnung der Gläser auf dem größeren Tisch, stürzt an die nach Süden gerichtete Schmalseite des größeren Tisches heran, federt mit dem linken Arm nach vor, hebt die Weinflasche im Zweilitermaß mit der linken Hand in Augenhöhe, legt die Spitze des Zeigefingers der rechten Hand, welche immer noch und zugleich die Bleistifte umklammert, sodaß die Knöchel der Fingergelenke weiß und hart unter der gespannten Haut hervortreten, an den Rand des Flaschenbodens, umrundet ihn und stellt die Flasche wieder zurück in die Mitte der rechteckigen Anordnung der Gläser. Der dunkle Schatten seines rechten Armes mit dem dunklen Schatten seiner rechten Faust und den daraus hervorragenden Stielen der Bleistifte fällt auf die weiße Tischplatte des kleineren Tisches, der nunmehr der größere Tisch in diesem Raum ist. Sam reißt den Arm, wie von einem schwachen Stromstoß durchzuckt, zurück. Eine kurze Weile verharrt er, den Blick auf die weiße Tischplatte des kleineren Tisches geheftet, mit ernster, undeutbarer Miene, dann schnellt sein rechter Arm erneut nach vor gegen die Flasche im Zweilitermaß mit dem kreisrunden Flaschenboden, die Finger der rechten Hand um die Bleistifte geklammert, sodaß die Knöchel der Fingergelenke weiß und hart unter der gespannten Haut hervortreten. Der dunkle Schatten seines rechten Armes mit dem dunklen Schatten seiner rechten Faust und den daraus hervorragenden Stielen der Bleistifte fällt auf die weiße Tischplatte des kleineren Tisches, der nunmehr der größere Tisch in diesem Raum ist. Sam reißt den Arm zurück, wie von einem schwachen Stromstoß durchzuckt. Er stürzt an die nach Westen weisende Längsseite des großen Tisches heran, der nunmehr der größte Tisch in diesem Raum ist, ahmt zwischen Zeigefinger und Daumen der linken Hand die Spannbreite des schwarzen, nunmehr gräulich durch die blütenweißen Zeichenblätter schimmernden Randes nach und setzt sie so auf der Tischkante der nach Westen weisenden Längsseite des Tisches auf, prüft den rechteckigen Umriß der weißen Tischplatte, indem er die Tischkanten entlangfährt, lüftet zitternd zwischen Daumen und Zeigefinger der linken Hand das blütenweiße Zeichenblatt, das auf der Stelle der unregelmäßigen Rundung der weißen Tischplatte des großen Tisches zu liegen gekommen war, schließt für Sekunden die Lider, starrt auf die Stelle der unregelmäßigen Rundung, läßt abrupt das blütenweiße Zeichenblatt sinken, reißt, wie von einem schwachen Stromstoß durchzuckt, die linke Hand mit dem linken Arm zurück, stürzt an die nach Westen weisende Schmalseite des kleinen Tisches heran, der nunmehr der kleinste Tisch in diesem Raum ist, hebt den linken Arm bis an die Mitte des Körpers, streckt ihn mit der linken geschlossenen Hand nach der Spitzmaschine aus, sieht den dunklen Schatten seines Armes mit dem dunklen Schatten seiner Faust auf die weiße Tischplatte fallen, reißt, wie von einem schwachen Stromstoß durchzuckt, den linken Arm mit der geschlossenen linken Hand zurück, wirbelt herum, stürzt an die Tür, sticht mit der Spitze des gestreckten Zeigefingers der linken Hand an das obere Ende des Sprunges, Punkt D, zeichnet ihn zitternd nach bis zum unteren Ende, Punkt B, schließt für Sekunden die Lider, heftet den geweiteten Blick beschwörend auf die sanfte Erhöhung eines Astauges auf einer der Dielen des naturgebeizten, ungehobelten, frischlackierten Bretterbodens, dreht sich auf der Ferse des rechten Fußes einmal um die eigene Achse und flieht hinter den Vorhang.

Gemessenen, schweren und platt aufsetzenden Schrittes, wie mit äußerster Mühsal beherrscht, kehrt Sam wieder, den rechten Unterarm beinahe im rechten Winkel zum Oberarm gegen die Magengrube gepreßt, mit der rechten Hand die Bleistifte umklammernd, sodaß die Knöchel der Fingergelenke hart und weiß unter der gespannten Haut hervortreten, schreitet an die nach Westen weisende Schmalseite des kleinen Tisches, der nunmehr der kleinste Tisch in diesem Raum ist, heran, federt mit dem rechten Arm nach vor, öffnet die rechte Faust, läßt die Bleistifte in willkürlicher Anordnung auf die weiße, rechteckige Tischplatte hinrollen. Sie beschreiben eine ungeordnete, in den Einzelelementen sogar überkreuzte, jedoch in sich bestimmte und bestimmbare Menge. Eine kurze Weile verharrt Sam in leicht nach rechts und unten geneigter Körperhaltung mit ernster, undeutbarer Miene. Plötzlich weiten sich seine Augen, die Lippen öffnen sich wie staunend oder in aufsteigendem Schrecken, sein rechter Arm schnellt gegen die weiße, rechteckige Tischplatte, und er beginnt mit fiebrig bebenden Fingern der rechten Hand, mit synchron bebenden Mundwinkeln und zuckenden Muskeln seines Gesichts die Bleistifte so in eine geschlossene Reihe nebeneinander zu legen, da die unteren, sechseckigen, mit Nachsicht auch aufgrund des runden, in der Mitte des Sechseckes erkennbaren Endes der schiefergrauen Miene doch als rund zu bezeichnenden Enden der Stifte eine Parallele zur nach Norden weisenden Längsseite des kleinen Tisches darstellen. Er verfolgt die Linie mit den Augen, sein Blick schweift die nach Norden weisende Längsseite des kleinen Tisches entlang wie zum Vergleich, dann nickt Sam wie einverstanden mit dem Kopf. Plötzlich weiten sich abermals seine Augen, die Lippen öffnen sich wie staunend oder in aufsteigendem Schrecken. Sein Blick bleibt in der Krümmung der Linie liegen, die die Spitzen der Bleistifte auch infolge der unterschiedlichen Länge der Schäfte bilden. Sam läßt seinen rechten Arm vorschnellen, mit fiebrig bebenden Fingern seiner rechten Hand, mit synchron bebenden Mundwinkeln und zuckenden Muskeln seines Gesichts beginnt er, die Bleistifte so in eine geschlossene Reihe nebeneinander zu legen, daß ihre Spitzen eine Parallele zur nach Norden weisenden Längsseite des rechteckigen Fußes der Spitzmaschine mit zylindrischem Körper darstellen. Er verfolgt die Linie mit den Augen, sein Blick schweift die nach Norden weisende Längsseite des rechteckigen Fußes der Spitzmaschine entlang wie zum Vergleich, dann nickt Sam wie einverstanden mit dem Kopf. Plötzlich weiten sich erneut seine Augen, die Lippen öffnen sich wie staunend oder in aufsteigendem Schrecken. Sein Blick bleibt an der Krümmung der Linie haften, die die unteren, sechseckigen, mit Nachsicht auch aufgrund des runden, in der Mitte des Sechseckes erkennbaren Endes der schiefergrauen Miene doch als rund zu bezeichnenden Enden der Stifte infolge der unterschiedlichen Länge der Schäfte bilden. Sam läßt seinen rechten Arm vorschnellen, mit fiebrig bebenden Fingern seiner rechten Hand, mit synchron in äußerster Ungeduld bebenden Mundwinkeln und zuckenden Muskeln seines Gesichts beginnt er, die Bleistifte so in eine geschlossene Reihe nebeneinander zu legen, daß die unteren Enden eine Parallele zur nach Norden weisenden Längsseite des kleinen Tisches darstellen. Er verfolgt die Linie mit den Augen, sein Blick schweift die nach Norden weisende Längsseite des kleinen Tisches entlang wie zum Vergleich, dann schließt Sam für Sekunden, geräuschvoll tief ein- und ausatmend die Lider, dreht sich zögernd und wie benommen auf der Ferse seines rechten Fußes einhalbmal um die eigene Achse, legt mit geschlossenen Lidern, halb geöffneten Lippen und wie greinend nach unten gezogenen Mundwinkeln den Kopf weit zurück in den Nacken. So verharrt er für eine kurze Weile, geräuschvoll tief ein- und ausatmend und mit sich heftig hebender und senkender Brust. Sein Rücken strafft sich mit einemmal, er preßt die Beine entschlossen durchgestreckt gegeneinander, stemmt die Fußsohlen gegen den Boden, drückt die Arme steif und eng gegen die Seiten seines Körpers, schließt die Lippen zu einer dünnen Geraden, öffnet die Augen zu bedenklich übergroßen Rundungen und schaut unverwandt auf die Flasche im Zweilitermaß mit dem gerundeten Flaschenboden inmitten der rechteckigen Anordnung der Gläser auf der rechteckigen weißen Tischplatte des kleineren Tisches in der westlichen Ecke des Raumes, der nun der größere Tisch in diesem Raum ist. Gemessenen, schweren und platt aufsetzenden Schrittes wie benommen nähert sich Sam der nach Süden weisenden Schmalseite des kleineren Tisches. Mühsam, wie unter einer schier untragbaren Last oder ebensolchem Schmerz hebt er den linken Arm bis an die Mitte des Körpers, streckt mit zitternden, wie Spinnenbeine gespreizten Fingern die linke Hand nach einem der Gläser, die im Rechteck um die gerundete Flasche im Zweilitermaß auf die rechteckig verlaufenden Tischkanten des kleineren Tisches ausgerichtet sind, aus, und beginnt, ein Glas nach dem anderen so zu stellen, daß die Gläser insgesamt den gerundeten Flaschenboden kreisförmig umgeben. Mit einer langgezogenen Bewegung des Kopfes vollzieht Sam die Rundung des Flaschenbodens nach und anschließend die kreisförmige Anordnung der Gläser wie zum Vergleich. In aufgerichteter Körperhaltung verharrt er für eine kurze Weile mit ernster, undeutbarer Miene und schließt für Sekunden die Lider. Plötzlich weiten sich seine Augen, die Lippen öffnen sich wie staunend oder in aufsteigendem Schrecken. Sam läßt seinen rechten Arm mit der rechten geschlossenen Faust über die weiße rechteckige Tischplatte des kleineren Tisches fahren. Er sieht den dunklen Schatten seines rechten Armes mit dem dunklen Schatten seiner rechten Faust auf die weiße Tischplatte fallen, vollzieht mit einer kreisenden Bewegung des Kopfes die Rundungen des Flaschenbodens nach, vollzieht mit einer kreisenden Bewegung des Kopfes die kreisförmige Anordnung der Gläser um die Flasche im Zweilitermaß nach, umreißt mit einer ruckenden Bewegung des Kopfes und bedenklich übergroß gerundeten Augen die rechteckige weiße Tischplatte des kleineren Tisches, dreht sich auf der Ferse des rechten Fußes einhalbmal um die eigene Achse, heftet den Blick aus bedenklich übergroß gerundeten Augen auf die nach Osten weisende leere, kalkweiße Wand gegenüber, stürzt mit knickenden Knien, geräuschvoll tief ein- und ausatmend gegen die leere, kalkweiße Wand gegenüber, vollzieht mit kreisenden Bewegungen des Kopfes schneller und schneller werdend die Form einer unregelmäßigen Rundung nach, tappt mit schweren, platt auftreffenden Schritten und starr aufgerichteter Körperhaltung, die bedenklich übergroß gerundeten Augen unbewegt auf die leere, kalkweiße, nach Osten weisende Wand gegenüber geheftet, rückwärts gegen den schwarzen Vorhang. Auf der Höhe der nach Norden weisenden Schmalseite des großen Tisches hält er inne, dreht sich auf der Ferse des rechten Fußes ungelenk wie eine Gliederpuppe einhalbmal um die eigene Achse, hebt den rechten Arm mit ruckenden Bewegungen gegen die Mitte seines Körpers, ruckt nach vor, ahmt zwischen Zeigefinger und Daumen der rechten Hand die Spannbreite des schwarzen, nunmehr gräulich durch die blütenweißen Zeichenblätter schimmernden Randes nach, der die weiße, rechteckige Tischplatte des großen Tisches umsäumt, setzt sie so an der Tischkante der nach Norden weisenden Schmalseite des großen Tisches auf, lüftet zwischen Daumen und Zeigefinger der rechten Hand mit eckiger Bewegung jenes blütenweiße Zeichenblatt, das auf der Stelle der unregelmäßigen Rundung auf der weißen Tischplatte des großen Tisches zu liegen gekommen war, schließt für Sekunden die Lider, läßt, wie von einem schwachen Stromstoß durchzuckt, das blütenweiße Zeichenblatt über der Stelle der unregelmäßigen Rundung auf der weißen Tischplatte abrupt sinken, öffnet zitternd die Lider wie flatternd, sieht den dunklen Schatten seines rechten Armes mit dem dunklen Schatten seiner leicht geöffneten rechten Hand auf die mit blütenweißen Zeichenblättern ausgelegte Tischplatte des großen Tisches fallen, reißt den rechten Arm zurück, reißt mit angstvoll, bedenklich übergroß gerundeten Augen den Kopf halb nach links, läßt den Blick furchtsam nach unten gleiten, gewahrt die Unzahl von sanften Erhöhungen einer Unzahl von Astaugen in den naturgebeizten, frischlackierten Fußbodenbrettern, schließt für Sekunden die Lider, schnellt mit dem Kopf nach rechts, stürzt mit ungelenken, dumpf auftreffenden Schritten und vorgebeugtem Oberkörper an die nach Norden weisende Längsseite des kleinen Tisches heran, gräbt seinen Blick in

die Krümmung der Linie, die die Spitzen der Bleistifte auch infolge der unterschiedlichen Länge ihrer Schäfte bilden, folgt mit einer ruckenden Bewegung des Kopfes der rechteckigen Form des metallenen Fußes der Spitzmaschine, schnellt mit dem linken Arm nach vor, umrundet mit dem Zeigefinger der linken Hand die Oberfläche des liegenden zylindrischen Körpers der Spitzmaschine mit der runden Einspitzöffnung, schließt für Sekunden die Lider, reißt beide Arme zurück, umklammert suchend mit der rechten Hand die linke Hand, krampft die Hände ineinander, sodaß die Knöchel der Fingergelenke hart und weiß unter der gespannten Haut hervortreten, stürzt an die Tür, nähert sein Gesicht mit weit vorgebeugtem Oberkörper, bis zur äußersten Dehnung gestrafftem Hals, äußerst angespanntem Kinn, sichtbar aufeinander gepreßten Kiefern dem unteren Ende des Sprunges, Punkt B, läßt mit angstvoll übergroß gerundeten Augen, vielfältig gerunzelter Stirn, sich geräuschvoll hebender, senkender Brust seinen Blick starr daran haften.
Er verharrt so für eine kurze Weile, öffnet bebend den Griff seiner Hände, schnellt mit dem rechten Arm und dem gestreckten Zeigefinger der rechten Hand nach vor, läßt seinen Arm mit dem gestreckten Zeigefinger der rechten Hand in halber Entfernung zur Tür in der Luft stehen, schließt mit bebendem Unterkiefer, unentwegt zuckenden Gesichtsmuskeln für Sekunden die Lider, reißt seinen Oberkörper weit zurück, taumelt in leichter Rückenlage mit baumelndem Kopf nach hinten, torkelt nach rechts gegen den Vorhang, dreht sich wankend auf der Ferse seines rechten Fußes um die eigene Achse, kommt mit dem Rücken gegen den schwarzen Vorhang zu stehen, richtet die bedenklich übergroß gerundeten Augen gegen die nach Osten weisende, leere, kalkweiße Wand gegenüber, taumelt mit vorgeneigtem Oberkörper nach vor, prallt mit nach hinten baumelndem Kopf und zurückgerissenen, nach oben gezogenen Schultern zurück, taumelt nach vor, prallt zurück, taumelt nach vor, prallt zurück, reißt mit bedenklich übergroß geweiteten Augen und wie zum Schrei bedenklich übergroß

aufgesperrtem Mund die Arme ziellos nach oben, läßt sie halb nach unten sinken, bekommt seine Ohren zu fassen, preßt beide Handflächen sosehr gegen die Ohren, daß Kopf und Arme wie in einem Anfall zu zittern beginnen, ballt die Hände um die Ohrmuscheln, zerrt so heftig daran, als wolle er sich die Ohren vom Kopf reißen, lockert den Griff, wiederholt den Vorgang einige Male, preßt beide Handflächen sosehr gegen die Ohren, daß Kopf und Arme wie in einem Anfall zu zittern beginnen, ballt die Hände um die Ohrmuscheln, zerrt so heftig daran, als wolle er sich die Ohren vom Kopf reißen, lockert den Griff, preßt beide Handflächen... ballt die Hände... zerrt... lokkert den Griff... wiederholt den Vorgang ein ums andere Mal... stürzt mit an die Ohren gepreßten Handflächen, bedenklich übergroß geweiteten Augen, wie zum Schrei übergroß aufgesperrtem Mund zitternd und taumelnd rücklings hinter den schwarzen Vorhang...

Vorhang

WIEDERSEHEN MIT SAM
Irritation II

Sam mußte also wieder zurückgekehrt sein.
Sam mußte also wieder begonnen haben, ein Leben zu führen.
Sam mußte also die Unstimmigkeiten weitgehend überwunden haben.

Denn ich traf Sam wieder.

Der Anruf kam um halb zehn.
Es war Abend.
Es kann auch morgens gewesen sein.
Die Zeiger der Standuhr verharrten auf halb zehn.
Eine Sekunde lang. Zweimal am Tag.
Die Uhr lief durchaus korrekt.
Ich mußte sie daraufhin überprüfen lassen.

Als der Anruf kam, saß ich am Tisch in der Küche. Daran erinnere ich mich.
Das könnte ein Zeichen dafür sein, daß es morgens, ja sogar vormittags gewesen war, als der Anruf kam. Vor mir lag die neue Tagespost. Jene Post, die ich täglich bekomme, die aber täglich anders aussieht. Jene Post, die sich von der Post des vorangegangenen Tages in allen Einzelheiten grundlegend unterscheidet. Manchmal erhalte ich nur einzelne Stücke. Dann wieder kommt gar keine Post. Ich erhalte nicht täglich Post.

Vor mir lag auch die Neue Tagespost, die ich täglich bekomme, die einerseits täglich gleich, andererseits aber täglich anders aussieht. Flüchtig betrachtet, sozusagen in einem Stück, sieht sie täglich gleich aus. Für gewöhnlich besteht sie aus zwei Teilen, die sich grundlegend voneinander unterscheiden. Daß auch die Neue Tagespost vor mir auf dem Tisch lag, als der

Anruf kam, könnte ebenfalls ein Zeichen dafür sein, daß es morgens, ja sogar vormittags gewesen war.

Die Sonne schien nicht. Mein Küchentisch befindet sich unter dem Fenster nach Osten. Ich hätte daher wissen müssen, ob die Sonne aufgegangen war. Ich wußte es nicht. Das heißt, ich konnte nicht feststellen, ob die Sonne aufgegangen war oder nicht. Es mag Winter gewesen sein. Ob die Sonne aufgegangen ist, läßt sich im Winter um halb zehn oft nur schwer feststellen. Besonders abends. Aber auch am Vormittag, ja sogar Morgen, selbst, wenn der Küchentisch unter dem Fenster nach Osten steht.
Ob die Sonne aufgegangen ist, läßt sich auch sommers schwer feststellen, wenn gegen halb zehn Dämmerung über dem Land liegt, unmittelbar davor, in die Schwärze der Nacht hinüberzugehen. Manchmal ist die Schwärze der Nacht auch taghell, wohl ein Zeichen dafür, daß die Sonne aufgegangen sein muß. überhaupt: wenn um halb zehn Uhr vormittags, ja sogar morgens, und um halb zehn Uhr abends Dämmerung über dem Land liegt, unabhängig von Tag oder Nacht, ist das wohl ein Zeichen dafür, daß die Sonne aufgegangen sein muß, auch wenn ich das von meinem Küchentisch aus, der unter dem Fenster nach Osten steht, nur schwer feststellen kann. Diese Unfähigkeit muß an mir liegen.
Ich kann also nicht sagen, ob der Anruf morgens oder abends gekommen war. Lediglich die Tatsache, daß ich an meinem Küchentisch unter dem Fenster gegen Osten saß, läßt mich darauf schließen, daß der Anruf vormittags, ja sogar morgens gekommen sein mußte. Auch daß die neue Tagespost, die täglich anders aussieht als die neue Tagespost des vorangegangenen Tages, und die Neue Tagespost, die einerseits täglich gleich, andererseits täglich anders aussieht als die Neue Tagespost des vorangegangenen Tages, vor mir auf dem Küchentisch lagen, mag ein Zeichen dafür sein, daß der Anruf vormittags, ja sogar morgens gekommen war. Wäre der Anruf abends gekommen, wäre der Tisch unter dem Fenster nach

Osten bereits leer gewesen. Leer für die neue Tagespost am nächsten Morgen, die wieder völlig anders aussieht als die neue Tagespost des vergangenen Morgens, auch wenn ich nicht täglich Post erhalte. Leer auch für die Neue Tagespost des nächsten Morgens, die einerseits gleich aussieht wie die Neue Tagespost des vergangenen Morgens, andererseits wieder völlig anders. Beide erwarte ich stets mit großer Spannung schon am Abend vor dem nächsten Morgen. Eine Spannung, die ich nur schwer beschreiben kann.

Auch, daß vor mir auf dem Küchentisch unter dem Fenster nach Osten eine Tasse stand, als der Anruf kam - und daran erinnere ich mich - ist ein Zeichen dafür, daß der Anruf am Vormittag, ja sogar Morgen gekommen sein mußte. Allerdings nur, wenn die Tasse mit Orangentee gefüllt war. War sie jedoch mit Tee aus den Blättern der Melisse gefüllt, mit reinem Melissentee also, so ist dies ein untrügliches Zeichen dafür, daß der Anruf am Abend gekommen sein mußte. Daran erinnere ich mich nicht. Abends trinke ich reinen Melissentee. Aus derselben Tasse, aus der ich am Morgen Orangentee trinke. Die Sorte des Tees könnte Aufschluß über den Zeitpunkt des Anrufs geben, die Beschaffenheit der Tasse jedoch nicht.

Der Anruf kam um halb zehn. Es mußte abends oder morgens gewesen sein. Die Zeiger der Standuhr verharrten auf halb zehn. Eine Sekunde lang. Zweimal am Tag.

Als das Telephon läutete, nahm ich den Hörer ab und wartete. Eine Frauenstimme meldete sich und hieß mich, zu warten. So wartete ich. Eine andere Frauenstimme meldete sich und hieß mich abermals, zu warten. So wartete ich abermals. Daraufhin meldete sich eine Männerstimme. Die Männerstimme hieß mich, zu kommen. Ich wunderte mich.

Die Tatsache, daß ich mich wunderte, deutet darauf hin, daß der Anruf am Abend gekommen sein mußte. Wenn mich

abends um halb zehn jemand auffordert, zu kommen, wundere ich mich. Wenn mich hingegen jemand am Vormittag, ja sogar Morgen um halb zehn auffordert, zu kommen, wundere ich mich für gewöhnlich nicht. Ich erinnere mich, daß ich mich wunderte. Ich erinnere mich deutlich.
Ich schaute aus dem Fenster über dem Küchentisch nach Osten und stellte fest, daß ich Licht brauchen würde. Ich würde Licht brauchen, um das Haus zu verlassen, und ich würde Licht brauchen, um dorthin zu gelangen, wohin mich die Männerstimme beordert hatte. Ich würde quer durch die Stadt gehen müssen. Dafür brauchte ich das Licht noch nicht so dringend. Wenn einer quer durch die Stadt geht, fällt das Licht von oben auf ihn: aus den Stadtleuchten, aus den Fenstern der Häuser, aus den geöffneten Haustüren zu beiden Seiten der Straße, aus den Schaufenstern der Geschäfte. Wenn es regnet, kommt das Licht auch von unten. Es regnete nicht. Von Schnee will ich nicht reden. Es schneite auch nicht.

Ich mußte quer durch die Stadt gehen und dann nach links. Da brauchte ich das Licht schon dringender. Links nimmt das Licht von außen immer mehr ab. Es kommt dann auf das Licht an, das man selber hat. Erst bei meiner Ankunft, dort, wohin mich die Männerstimme beordert hatte, fände ich wieder mehr Licht vor. Das wußte ich. So war es dann auch. Das Licht kam von allen Seiten, von links und rechts, von hinten und vorne, von oben spärlicher, von unten kaum, richtig hell nur aus dem Haus mir gegenüber. Ich stand auf der anderen Straßenseite. Über mir, auf meiner Straßenseite, war es sogar ziemlich dunkel. Das Haus auf der anderen Straßenseite aber brannte aus allen Fenstern, wahrscheinlich auch aus allen Türen, wenn man sie offen gelassen hätte. Und das eine Stunde nach halb zehn! Es mußte inzwischen sogar halb elf geworden sein. Es ist also nur zu verständlich, daß nur zwei Türen offen gelassen worden waren. Genaugenommen waren auch diese beiden Türen nicht offen gelassen worden, vielmehr bestanden sie zur Hälfte aus Glas. Sie bestanden vom oberen Rand des

Türrahmens bis zur Mitte des Türblattes aus Glas, sodaß das Licht von den Deckenleuchten im Erdgeschoß des Hauses ungehindert nach außen in den Park fallen konnte. Eine Tür, genaugenommen ein Tor, genaugenommen das Hauptportal, wie ich später erfahren konnte, lag an der Westseite des Hauses und schaute, von innen gesehen, in den Park. Die andere Tür, ein Seitenportal, wies nach Norden und konnte so nicht in den Park schauen. Durch diese Tür würde ich das Haus wieder verlassen. Davon wußte ich noch nichts.

Noch stand ich auf der Straßenseite dem Haus gegenüber. Eigentlich war es ein Gebäude. Ich glaube, es ist immer noch ein Gebäude. Andernfalls wäre etwas darüber bekannt geworden, dessen bin ich mir sicher. Diese Stadt, in der ich wohne, ist nun wirklich nicht so groß, daß man nicht sogleich davon erführe, wenn ein Gebäude plötzlich kein Gebäude mehr ist. Genaugenommen bestand das Gebäude aus mehreren Gebäuden. Vermutlich ist es heute noch so. Ich war lange nicht dort.

Ich stand auf der anderen Seite. Und ich mußte auf die andere Seite. Die Männerstimme hatte mir alles genau beschrieben. Nicht so, genaugenommen, denn sie konnte nicht wissen, daß ich auf der Straßenseite dem Gebäude gegenüber ankommen würde. Ich hätte schon früher die Straßenseite wechseln können. Aber - ich stand auf der anderen Seite.
Ich mußte versuchen, in das Innere des Gebäudes zu kommen. Darum hatte mich die Männerstimme gebeten. Deswegen hatte sie mich angerufen. Deswegen war ich hierher aufgebrochen. Ich war nicht von selbst gekommen, das war mir klar. Ich wäre nicht von selbst gekommen.

Ich hatte Mühe, die Straße zu überqueren. Es schien mir beinahe unmöglich. Bis hierher war der Weg ein gewöhnlicher Weg gewesen. Quer durch die Stadt und dann links. Ein Weg, der keinem besonders auffällt, auch dem nicht, der ihn gerade geht. Nicht, daß sich die andere Straßenseite, an der das Ge-

bäude mit all den anderen Gebäuden lag beziehungsweise liegt, so grundlegend von jener Straßenseite dem Gebäude gegenüber unterschiede! Sie ist nur die andere Straßenseite und liegt nicht dem Gebäude gegenüber. Auch weist sie in die entgegengesetzte Himmelsrichtung, so, wie jene Straßenseite dem Gebäude gegenüber ebenfalls in die entgegengesetzte Himmelsrichtung weist. Auf jener Straßenseite, an der das Gebäude mit all den anderen Gebäuden liegt, und das ist ganz sicher heute noch so, kann man auf einen großflächig angelegten Parkplatz blicken und daran anschließend mitten ins offene Feld. Das wußte ich im vorhinein. Daran konnte es nicht liegen, daß es mir unmöglich schien, die Straße zu überqueren. Wohl unterscheidet sich die Straßenseite, an der das Gebäude mit all den anderen Gebäuden liegt, grundlegend von jener Straßenseite dem Gebäude gegenüber, wenn man aus dem Gebäude kommt. Fast immer trägt einer, der aus dem Gebäude kommt, eine völlig veränderte Deutung seiner Geschichte mit sich gegenüber jener, die er hatte, ehe er hineinging. Immer schwingt eine andere Geschichte mit.
Ich kam aus meiner Geschichte, ehe ich in das Gebäude hineinging. Ich kam auch aus meiner Geschichte mit Sam. Nun trieb ich in meine Geschichte mit Sam.

Verwirrt setzte ich einen Fuß nach vor. Vor mir tobte die Straße. Vom anderen Fuß weiß ich nichts mehr.

Auf der anderen Straßenseite stand ich vor einem niedrigen Gatter. Es war eine hüfthohe, schwere Eisentür, von dicken, scharfkantigen Streben durchbrochen. Ohne Querrippen. Ein Gatter war es eigentlich nicht. Ich rüttelte daran. Es mußte sehr spät geworden sein. So setzte ich mich auf die obere Türkante und schwang meine Beine darüber. Nun befand ich mich im Innern des Parks, auf der anderen Seite der Tür. den Park im Rücken, der Tür zugewandt. Als ich meine rechte Hand auf die Klinke legte, wie unabsichtlich, denn ich mußte nicht

mehr eintreten, gab die Tür nach außen hin nach. Das heißt, sie öffnete sich.
Vielleicht war es doch nicht so spät geworden.
Auch das Licht machte mir keine Probleme. Es schien von oben herab auf mich. Die Parkleuchten brannten noch immer, eine um die andere. Vollzählig. Nur das eine oder andere Fenster des Gebäudes hatte sich verdunkelt. Es leuchtete nicht mehr ganz so hell wie zu jener Stunde, in der ich dem Gebäude gegenübergestanden war. Daran erinnere ich mich. Es mochte spät geworden sein.

Der Weg durch den Park stieg unmerklich an. Ich merkte es daran, daß mein Atem schneller ging. Auch mein Herzschlag hatte sich beschleunigt, und ich mußte tief Luft holen. Das mochte auch daran gelegen sein, daß ich mich dem Hauptportal des Gebäudes näherte. Gerne hätte ich mich umgewendet und wäre zügig davongegangen. Jedoch- ich wurde erwartet. Die Männerstimme hatte es mir gesagt. Ich wurde im Innern des Gebäudes erwartet. Man kann sich nicht umwenden und zügig davongehen, wenn man erwartet wird. So näherte ich mich mit jedem Schritt dem Hauptportal. Wenn ich mich recht erinnere, war ich allein. Trotz des Lichts. Ich begegnete niemandem. Auch mir begegnete niemand. Meine rechte Schuhspitze stieß an die Schwelle des Hauptportals. Die zur Hälfte gläsernen Flügel des Tores wichen voneinander zurück, der rechte nach rechts, der linke nach links wie erwartet. Wie von selbst. Ich war überrascht. Ich hatte keine meiner Hände gehoben. Ich hatte keine meiner Hände bewegt oder gar benützt. Ich befand mich nun hinter den Flügeln des Hauptportals, die vom oberen Türrahmen bis zur Hälfte des Türblattes aus Glas bestanden. Das heißt, ich hatte die Flügel des Hauptportals im Rücken. Vor mir gewahrte ich eine weitere Tür. Sie war nicht sogleich als Tür zu erkennen, vielmehr glich sie einer gläsernen Wand. Ihre Flügel waren durchgehend aus Glas.
Zwischen dem Hauptportal hinter mir und der gläsernen Tür vor mir, die wohl auch ein Tor, ja sogar ein Portal sein mußte,

da sie der Größe des Hauptportals entsprach, erstreckte sich ein Teppich wie dunkles Gras. Ich trat darauf und fühlte unter den Sohlen ein sanftes Zittern, ein kaum spürbares Schwingen, der Fuß setzte unsicher auf. Das Gewebe des Teppichs war hochflorig und dicht, aber borstig und hart. Als ich die Sohlen daran rieb, gleichsam im Stehen ging, entstand ein schabendes Geräusch. Mir wurde kalt davon. Die Kälte schauerte über meinen Rücken, über Arme und Beine, die Kopfhaut wurde mir eng. Jedes meiner Haare, so dachte ich, mußte senkrecht von meinem Kopf abstehen, ein Stachel aus jeder Pore. Man hätte es sehen müssen. Niemand konnte es sehen. Ich war allein.

Nun stieß ich mit der linken Schuhspitze gegen die Schwelle des gläsernen Tores vor mir. Seine Flügel wichen voneinander zurück wie vorhin die Flügel des Hauptportals, die nur zur Hälfte aus Glas bestehen. Eine Schwelle gab es in Wahrheit nicht. Vielmehr konnte ich geradewegs, ohne die geringste Stufe oder ein Gefälle überwinden zu müssen, durch das zweite offene Tor treten. Mein Blick fiel unmittelbar auf die Holzwand gegenüber. Dunkle Eiche, dachte ich und erkannte erst auf den zweiten Blick Umrisse von Türen, die in die Wand eingefügt waren, sodaß sie sich kaum von ihr abhoben.
Auf der zuäußerst gelegenen Tür zu meiner linken, eine schmale Tür, wie ich mich erinnere, waren die beiden Buchstaben W und C groß, deutlich und nah aneinandergefügt zu lesen. Auf der Tür rechts daneben war ein Telephonhörer abgebildet. Ich war nicht gekommen, um durch eine dieser Türen zu gehen. Ich war nicht gekommen, um von der Innenausstattung der Räume, wie ich sie hinter den Türen vermutete, Gebrauch zu machen. Die anderen Türen waren unbezeichnet. Ihrer Anzahl erinnere ich mich nicht mehr.
Ich schaute mich weiter um. Zu meiner linken, noch ehe man an die Tür herankam, konnte ich einen kleinen Raum erspähen, der gegen mich von meiner Hüfte aufwärts durch eine Glaswand abgetrennt war. Beinahe fühlte ich mich an die Flü-

gel des Hauptportals erinnert. Der Raum glich einer Kabine. Eine Luke in der Glaswand schuf die Verbindung von innen und außen. Im Innern der Kabine schloß die Glaswand nach unten gleichsam mit dem Ansatz einer Schreibtischplatte ab, das heißt, die Schreibtischplatte schien nahtlos in die senkrecht zu ihr stehende Glaswand überzugehen.

Die Schreibtischplatte war nicht aus Glas. An der Schreibtischplatte saß eine Frau. Nur ihr Oberkörper war sichtbar. Ihre Augen hielt sie gerade in das schmutziggraue, unbelebte Gesicht eines Computerbildschirms versenkt, als ich mich ihr zuwandte und an die Luke herantrat. Ihre rechte Hand lag wie gewichtlos auf dem Telephonhörer des Apparates, den sie schräg vor sich zur Seite geschoben hatte. Ich mußte mich zur Luke hinunterbeugen, damit sie der Höhe meines Mundes entsprach. Die Frau nickte nur, nannte meinen Namen, noch ehe ich es selbst tun konnte, ohne mich jemals zuvor gesehen zu haben. Daraufhin hob sie den Telephonhörer mit entschiedenem Griff ihrer rechten Hand an das rechte Ohr, nannte abermals meinen Namen und nickte erneut. Die Reihenfolge hatte sich genau umgekehrt. Diesmal hatte sie genickt, nachdem sie meinen Namen genannt hatte. Sie werden erwartet, sagte sie und hieß mich dem violetten Pfeil folgen, der mich den ersten Gang rechts entlang, gleich darauf den ersten Gang links entlang führen sollte. Der erste Gang rechts schien endlos, als ich einbog, und in regelmäßigen Abständen verliefen etliche Pfeile in etlichen Farben auf beiden Wänden links und rechts nach etlichen Richtungen. Auch der violette Pfeil, dem ich zu folgen hatte, tauchte ab und zu auf und wies mich geradeaus. Ich schaute kein einziges Mal hinter mich. Was hinter mir lag, ging mich nichts an. Gelbstichiges Licht erhellte den Gang, tauchte die Wände zu beiden Seiten und die Decke über mir in gelbliches Weiß. Der violette Pfeil behielt wesentlich seine Farbe bei. Meine Schritte hallten auf dem gelblichen Fliesenboden, sodaß ich dachte, es ginge noch jemand mit mir. Abrupt hielt ich im Gehen inne, lauschte hinter mich und nach allen Seiten, blickte mich um, verharrte einige Zeit reglos. Eine

Sekunde lang. Abrupt war Stille eingetreten. Ich war allein. Grundsätzlich war ich allein.
Da und dort huschte jemand durch eine Tür, ohne eigentlich sichtbar zu werden, flüsterte etwas, kaum hörbar. Genaugenommen klang es wie Tuscheln. Da und dort zuckte über einem Türrahmen das Licht einer kleinen rechteckigen Lampe auf. Dieses Licht hatte jeweils eine andere Farbe als das Licht, das den Gang erhellte. Zumeist war es grün. Auch ein rotes Licht war zu sehen, aber es leuchtete nicht auf.
Ich folgte dem violetten Pfeil den Gang entlang, der kein Ende nehmen wollte. Eigentlich wäre ich gern einmal abgebogen, aber der violette Pfeil deutete mir dafür keine Möglichkeit an. So folgte ich ihm weiter. Meine Schritte hallten gleichmäßig. Sie verlangsamten sich nicht, sie wurden auch nicht schneller. Genau wie ich. Es ging niemand mit mir.
Am Ende des Ganges zeigte der violette Pfeil nach links. So folgte ich ihm nach links. Vor mir stieg ein kurzes Stück einer Treppe an. Auch der violette Pfeil war plötzlich an seinem hinteren Ende nach unten gekippt und zielte mit seiner Spitze nach oben. Erst jetzt fiel mir auf, daß er bisher in seiner gesamten Länge nur waagrecht verlaufen war. Ich schickte mich also an, die Treppe hinaufzugehen. Anders konnte ich nicht weiter. Andererseits konnte ich aber auch nicht stehenbleiben. Ich wurde erwartet.

Die erste Stufe zu überwinden, fiel mir leicht. Die übrigen Stufen jedoch, obwohl es nur ein kurzes Stück einer Treppe war, ließen mich rascher atmen, mein Herz schneller schlagen, mich tiefer Luft holen. Auf der letzten Stufe empfing mich gelbliches Licht, der Fußboden war mit hellbraunem Flor ausgelegt. Die Tönung des Lichts nahm auf die Farbe des Flors nicht wesentlich Einfluß. Meine Schritte klangen nun dumpf und hallten nicht wider. Ich hatte den Eindruck, allein zu sein.
Grundsätzlich schien ich allein zu sein. Auf dem kurzen Gang, in den mich der violette Pfeil eingewiesen hatte, gab es keine Türen, durch die jemand huschen konnte, ohne eigentlich

sichtbar zu werden. So konnte auch niemand flüstern, und genaugenommen gab es auch kein Tuscheln. Bilder an den Wänden täuschten die Ruhe von Wäldern und Seen vor. Grünpflanzen tarnten etwas mit Harmlosigkeit, das weder zu sehen noch zu hören, in jeder Ecke und Fuge jedoch deutlich zu spüren war. Diesem Etwas würde ich nicht entrinnen. Das wußte ich. Eine Bank höhnte mit leerer Sitzfläche, zu beiden Seiten, links und rechts, ließen riesige Glasfenster den Blick nach draußen frei. Draußen war es stockdunkel. Der Blick vernetzte sich mit der Dunkelheit, hing ohne Aussicht in ihr und mußte mühsam in die Fänge des Lichts zurückgeholt werden. Sie umschnürten meine Brust, fielen über mich her, ich versuchte, durch rasches Atmen diese Fesseln abzustreifen. Mein Herz schlug schnell, ich mußte tief Luft holen. Meine Schritte dehnten sich seltsam in die Länge, es war mir, als würden sie von schweren Gewichten am Boden festgehalten. Mir drohte, übel zu werden. Hitze und Kälte durchtobten meinen Körper. Letztlich blieb es bei kaltem Schweiß. Das Licht drang nicht bis zum Ende des Ganges vor. Die Bilder links und rechts an den Wänden drehten sich ein wenig um mich, die Fenster tanzten, der hellbraune Flor wölbte sich leicht über dem Fußboden. Ich stand. Aber der violette Pfeil, der nun wieder waagrecht verlief, zielte nach vorn.
Seine Spitze schmerzte irgendwie auf der Haut meiner rechten Schulter. Als alles wieder an seinem Platz war, die Bilder links und rechts an den Wänden wie gewohnt Ruhe vortäuschten, die Fenster sich erneut in ihrer Verankerung festhielten, der Flor über dem Boden sich geglättet hatte, hob ich den rechten Fuß zitternd an und setzte ihn mit Nachdruck vor den linken. So, als ob einer in die Angst hinein pfiffe. Um Zeit zu gewinnen, maß ich meine Entfernung bis zum Ende des Ganges mit den Augen. Das Licht drang auch jetzt nicht bis zum Ende des Ganges vor. Ich setzte den linken Fuß vor den rechten. Ich konnte nicht für immer hier stehen bleiben.
Das Ende des Ganges unterschied sich durch nichts vom Ende des Ganges vorher. Es mochte schmäler gewesen sein

und nur durch einen Pfeil gekennzeichnet. Der violette Pfeil schoß mit seiner Spitze nun scharf nach rechts. Unmittelbar nach der Mündung in den rechten Gang führte eine Treppe nach unten. Der violette Pfeil, der eine ganze Gangstrecke lang waagrecht verlaufen war, neigte seine Spitze plötzlich schräg nach unten, man konnte sagen, seine Spitze sackte plötzlich schräg nach unten ab. Die Treppe war links durch ein Geländer gesichert. Rechts schloß sie ohne Spalt mit der Wand ab. Ich preßte meine beiden Sohlen zugleich fest gegen die Fläche der ersten Stufe. Ich hoffte, nie wieder von ihr loszukommen. Unterhalb des violetten Pfeils, der plötzlich seine Spitze schräg nach unten neigte, war ein Schild angebracht. Ich vermochte nicht zu entziffern, was darauf stand.
Ich vermochte auch nicht, zu denken. Das heißt, ich dachte, aber ich vermochte nicht zu denken, was ich dachte. Ich sah auch nicht, was ich sah, und mit dem Hören ging es mir genauso. Ich ging auch nicht.

Ich mußte dann doch gegangen sein.
Denn am unteren Ende der Treppe, genaugenommen am unteren Treppenabschluß, nach der letzten Stufe, stieß ich mit der Nasenspitze beinahe gegen eine Wand. Es mochte an meiner Art gelegen sein, die Treppe hinunterzusteigen, vielleicht war ich ein wenig getorkelt, hatte meine Sohlen unsicher aufgesetzt, sodaß ich mit der Nasenspitze beinahe gegen die Wand gestoßen war. In der Wand erkannte ich die Umrisse einer Tür, die sich kaum von ihr abhoben. Die Tür war weiß und verschlossen. Ich dachte, es wäre gut, sie würde es bleiben. So unternahm ich nichts.

Die Tür öffnete sich. Das heißt, sie wurde von innen geöffnet. Ich stand knapp hinter der Schwelle und blickte in einen Raum. Etwas anderes sah ich nicht. In der Mitte des Raumes gewahrte ich einen Tisch. Er war weiß wie die Tür und für einen Tisch viel zu lang. Seine vier Beine ruhten auf vier kleinen Rollen. Sie glänzten metallisch. Signalisierten Gefahr. Jeweils zwei Beine

am unteren wie am oberen Ende des Tisches waren durch Querleisten verbunden. Vermutlich hielten sie die Beine zusammen. Sie konnten die Gefahr nicht mindern. Glänzten metallisch. Die Leisten befanden sich unmittelbar über den Rollen. Der Tisch bildete kein Quadrat. Viel eher ein Rechteck. Er entsprach einem unnötig in die Länge gezogenen Rechteck, für einen Tisch viel zu lang. Vielleicht war es kein Tisch. Das Rechteck war für einen Tisch viel zu schmal. Auch für ein Rechteck. Vielleicht war es nur deshalb für ein Rechteck zu schmal, weil es für einen Tisch viel zu lang war. Genaugenommen konnte von einem Rechteck nicht die Rede sein. Man konnte nicht sagen, daß der Tisch ein Rechteck bildete. Man konnte die Ecken nicht sehen.
Den Tisch deckte ein weißes Tuch. Es deckte ihn so, daß die Ecken, die ein Tisch haben mußte, wenn er einem Rechteck entsprach, auch, wenn er sowohl für einen Tisch als auch für ein Rechteck zu lang und zu schmal war, nicht deutlich hervortraten. Irgendwie rundete das Tuch die Ecken ab. Irgendwie floß es darüber. Auch fiel es nicht flach über den Tisch. Das heißt, es fiel nicht über die Ebene eines Tisches. Es fiel nicht über die Tischfläche. Es fiel über keine Fläche. Von einer Tischplatte konnte nicht die Rede sein.

Vorsichtig setzte ich den rechten Fuß über die Schwelle und betrat den Raum. Gleichzeitig stellte sich mir ein Mann entgegen. Er mußte hinter der Tür gewartet haben. Er mußte es gewesen sein, der die Tür von innen geöffnet hatte. Er trug leise Schattierungen von Grün. Welch ein Überfall! Seinen Kopf umhüllte eine durchscheinende Haube in lindem Grün, eine kleinere Haube in Zeder baumelte vor seinem Mund. Der Mann reichte mir nicht die Hand. Er begrüßte mich, indem er mich mit meinem Namen ansprach und hinterher mit seiner Stimme ein kleines Fragezeichen setzte. Ich wandte nichts ein. Also nickte er. Nun war es wieder dieselbe Reihenfolge wie beim zweitenmal. Erst fiel mein Name, dann wurde genickt.

Mit einemmal dachte ich an Sam. Dieser Mann erinnerte mich nicht an Sam. Daran erinnere ich mich. Sein Gesicht war nicht Sams Gesicht. Ich konnte nicht viel von seinem Gesicht sehen. Am ehesten die Brille. Diese Brille war nicht Sams Brille. Oder - er mochte sie gewechselt haben. Sam besaß keine Brille. Ich vermute, es ist auch heute noch so. Ich habe Sam lange nicht gesehen. Allerdings wußte ich, daß diese Nase nicht Sams Nase sein konnte. An Sams Nase erinnerte ich mich genau. An seinen Mund nicht mehr. Sams Mund war es nicht.

Die Stimme des Mannes war dieselbe Stimme. Jene männliche Stimme, die mich geheißen hatte, hierher zu kommen.
Der Mann stellte sich neben mich und führte mich an den Tisch in der Mitte des Raumes heran. Die Ecken des Tisches waren für mich auch aus dieser Nähe nicht zu erkennen. Das weiße Tuch floß immer noch darüber und rundete sie ab. Vielleicht aber waren die Ecken des Tisches abgerundet, und das weiße Tuch tat weiter nichts zur Sache. Dann kann man nicht sagen, daß der Tisch ein Rechteck gebildet hätte, selbst, wenn es für einen Tisch zu sehr in die Länge gezogen war. Auch war es für einen Tisch zu schmal. Von einem Kreis konnte in keinem Fall die Rede sein.

Über dem Tisch hing ein riesiges Facettenauge. Das Licht in diesem Raum war weiß. Es war kein gelbstichiges weißes Licht. Auch blau schimmerte das weiße Licht nicht. Das Facettenauge wies leise Schattierungen von Grün auf. Die äußere Schale, die die Anzahl der Augen zusammenhielt, hatte die Farbe der Zeder. Die Augen selbst glommen in lindem Grün. Ob das weiße Licht die lindgrüne Tönung angenommen hatte, konnte ich nur schwer feststellen. Das Facettenauge leuchtete nicht. Das Grün der Augen wirkte leblos und blind. Das Licht in diesem Raum war ein dumpfweißes Licht. - Der Mann und ich standen an jener Seite des Tisches, die der Tür zugewandt war. Wir hatten die Tür im Rücken. Eine Weile verharrten wir so, dann drehte sich der Mann von mir weg nach links und ging um das Fußende des Tisches herum. Man kann sagen, er umrundete das Fußende des Tisches. Ich erschrak und hatte plötzlich Mühe, zu atmen. Ich hatte dieses Tischende als Fußende erkannt. Es war das Ende, das gegen Westen zeigte. Der Mann blieb genau mir gegenüber stehen. Er schaute mir geradewegs ins Gesicht. Seine Miene war ausdruckslos, beinahe starr, sein Mund eine weiße, dünne Linie. Ob sein Mund auch sonst eine weiße, dünne Linie war, wußte ich in diesem Augenblick nicht. Der Blick des Mannes haftete fest an dem meinen. Er saugte sich bis auf den Grund meiner Augen. Er sog sich in ihnen fest. Er zog mir die Luft aus der Kehle. Ich atmete schnell und immer kürzer, mir drohte, übel zu werden. Das dumpfweiße Licht flimmerte in zahllosen grauen Punkten, die sich zu übermächtigem schwarzen Kreisen zusammenballten und über mich hinwegrollten. In der Ferne sagte der Mund des Mannes etwas. Ich vernahm den Klang, verstand jedoch nicht. Ich antwortete auch nicht. Aus dem schwarzen Kreisen kehrte ich allmählich in ein Bild zurück. Es war die große Unebene unter dem weißen Tuch, die eine Tischfläche sein sollte. Die linke Hand des Mannes näherte sich dem weißen Tuch wie eine Zange. Am Kopfende des Tisches, das ich plötzlich als Kopfende erkannte und das nach Osten wies, faßte er mit Mittelfinger, Zeigefinger und Daumen nach jenem äußersten Saum des Tuches, der seine fichtgrüne Hose streifte. Ich mußte mich dieser Bewegung jäh entziehen, riß meinen Kopf nach oben und schrie stumm mit weitgeöffneten Augenhöhlen in das Gesicht des Mannes hinein. Der Mann schaute über meinen Scheitel hinweg. Nach einer Weile neigte er an mir vorbei seinen Kopf nach unten, senkte die Lider, ein weißgoldener Funke tanzte auf dem oberen linken Rand seiner Brille. Von irgendwoher kam das Licht. Der äußerste Saum des Tuches, der seine fichtgrüne Hose streifte, klemmte noch immer zwischen Mittelfinger, Zeigefinger und Daumen der linken Hand des Mannes fest. Etwas hatte seine Bewegung gelähmt. Er schien mich vergessen zu haben. Ich atmete tief. Meine Brust hob und senkte sich. Ich war ruhiger geworden, wie erleichtert, nicht mehr da zu sein. Ich schaute über seinen Scheitel hinweg. Unvermittelt fuhr sein Kopf nach oben, seine Pupillen sprangen in meine schwarzen Sehlöcher hinein, schossen gleichsam durch mich hindurch. Wir durchbohrten ein-ander. Wir verbohrten uns ineinander. Unsere Lippen öffneten, schlossen sich spröde. Wir hörten einander nicht. Wir vernahmen auch nichts. Wir hatten einander längst verstanden.

Wir lösten uns voneinander. Wie in Trance zog der Mann mit Mittelfinger, Zeigefinger und Daumen der linken Hand den äußersten Saum des weißen Tuches, der seine fichtgrüne Hose streifte, am Kopfende des Tisches langsam zurück. Darunter erschien schwarzes Haar. Es mußte Kopfhaar gewesen sein. Ich erinnere mich. Für alles andere war es zu lang, zu voll und zu sehr in einem Strich gekämmt. Ja, es fiel in einem geschlossenen Schwung, in einer durchgehenden Welle vom Ansatz nach hinten. Vorne saß es gerade und streng, ohne Bogen und unscharfe Kontur, an der Stirn. Genaugenommen fiel das Haar ein wenig nach hinten rechts. Denn der Kopf, zu dem dieses Haar gehörte, ruhte leicht nach rechts gewendet auf dem rechten Ohr und zum Teil auf der rechten Gesichtshälfte. Nun riß der Mann den äußersten Saum des weißen Tuches, der seine fichtgrüne Hose streifte, zwischen Mittelfinger, Zeigefinger und Daumen der linken Hand mit einem scharfen Ruck vollends zurück.

Vor mir auf dem rechteckigen Tisch, der für einen Tisch viel zu lang und zu schmal war und auch, wie ich nun sehen konnte, keine rechten Ecken besaß, lag die Gestalt eines Mannes. Es war sein Körper. Einen Augenblick lang verhielt ich mich reglos. Ich hätte mich gerne gesetzt oder meine Hände irgendwo aufgestützt. Den Tisch vor mir wagte ich nicht zu berühren. Ich legte meinen Kopf nach hinten in den Nacken und begann, die einzelnen Leuchter des riesigen Facettenauges über mir hastig zu zählen. Ich zählte schneller und schneller, meine Augäpfel rasten im Kreis, ich schwankte. Das Facettenauge drehte sich mit mir, raste mit mir schneller und schneller im Kreis, von irgendwoher brüllte ein Wort, es rauschte und pfiff, keuchte irgendwo außerhalb meines Brustkorbs, die Luft wurde schwarz und eng. Plötzlich stand der Mann neben mir.

Als alles wieder an seinem Platz war, auch der Mann in leisen Schattierungen von Grün, betrachtete ich scheu und zaghaft die Gestalt des Mannes vor mir auf dem Tisch. Es war die Gestalt eines Mannes, der schlief. Sein Kopf ruhte, nach rechts gewendet, auf dem rechten Ohr und zum Teil auf der rechten Hälfte seines Gesichts. Zwei Falten gruben sich quer durch seine Stirn, wenn er erwacht war, etwa die Brauen hochzog, dessen bin ich mir sicher. Doch nun, da er schlief, liefen sie nur als zwei dünne, kaum sichtbare Linien darüber. Man kann sagen, seine Stirn war beinahe glatt. Die Brauen, wild und ungezähmt, wie ich glaube, beschrieben zwei makellos abgezirkelte Bögen über den geschlossenen Augen. Ich kann das so sagen, auch wenn ich die rechte Braue über dem rechten Auge nur zum Teil sehen konnte, ihren Verlauf nur über dem inneren rechten Augenwinkel beginnend zum höchsten Punkt des Bogens. Denn der Kopf des Mannes vor mir auf dem Tisch ruhte leicht auf der rechten Wange. Die Höhlen der Augen waren zart ausgeschliffen, der Augapfel hob sich jeweils deutlich unter dem geschlossenen Lid hervor. Mit Sicherheit kann ich das nur vom linken Augapfel sagen, da ich den rechten Augapfel in der rechten Augenhöhle nur zu einem kleinen Teil sehen konnte. Auch das rechte Auge war geschlossen. Soviel konnte ich sehen. Die Nase verlief gerade und spitzte sich am Ende geradezu zierlich zu, schlanker und feiner als sie sein mochte, wenn der Mann erwacht war. Dunkel gefächert lagen die Wimpern auf den Wangen, die, da der Mann schlief, eine leicht gelbliche Färbung angenommen hatten. Sie mochte in helles Oliv übergehen, wenn der Mann erwacht war. Die Wimpern zitterten nicht. Schütter verteilte, aber kräftige Bartstoppeln beeinträchtigten den Anblick vollendeter Glätte der Haut. Der Mann, dessen Gestalt auf dem

Tisch lag, würde gründlich mit ihnen zu tun haben, wenn er erwachte. Die Oberlippe bedeckte spannungslos die Schneidezähne, ließ sie an den unteren Rändern ein wenig hervorblitzen. Die Unterlippe sprang nach vorn, eine volle Lippe, die sich klar gegen das kantig ausgeprägte, nach oben ragende Kinn abgrenzte.
Der Mann in leisen Schattierungen von Grün mir gegenüber fragte mich etwas, das ich nicht verstand. Ich richtete meinen Blick auf ihn und suchte seine Frage in seinen Augen. Mir war, als fiele mein eigener Blick nach innen, in mich zurück. Ich war sprachlos.

Mit einemmal dachte ich an Sam. Nun fand ich auch die Augen des Mannes mir gegenüber wieder. Es war, als hielten wir einander mit Blicken aufrecht. Es war, als hielte er mich mit seinen Augen fest. Sams Name, und dann nickten wir einander zu. Die zweite Reihenfolge: zuerst der Name, und dann wurde genickt.
Ich hätte nun gehen können.
Ich legte meine linke Hand auf die entblößte linke Schulter des schlafenden Mannes vor mir auf dem rechteckigen Tisch, der keine rechten Ecken besaß und für einen Tisch zu lang und zu schmal war. So legten wir einander immer die Hand auf die Schulter, bei jeder Begegnung, ließen ihren Druck spüren, das verband uns im Abschied oder im Gruß.

Ich wartete lange. Sam sollte nicht vergeblich gekommen sein.

EREIGNISSE EINES MORGENS

Perspektiven
Traumstück und Szene

BÜHNE UND BILD

(Abhandlung eines einfachen Vorgangs)

Der Betrachter

Da der Blick des Betrachters frontal in den Ausschnitt eines Schlafraumes fällt, der eine spiegelbildliche Umkehrung des realen Raumausschnittes darstellt und zugleich dessen Nachbild / Übertragung / Bild einer Bühne, befindet er sich außerhalb dieses realen Raumgeschehens vor einer spiegelbildlichen Umkehrung der Windrichtungen, die auch dann nicht rückgängig zu machen wäre, träte der Betrachter in das für ihn nunmehr gegenwärtige und somit reale Raumgeschehen ein.

Der Betrachter steht, sitzt, verharrt frontal den Elementen eines realen Raumgeschehens / der spiegelbildlichen Umkehrung des realen Raumausschnittes / Nachbildes / der Übertragung in der Relativität ihrer Geschlossenheit gegenüber. Die Augen des Betrachters sind frontal auf die Elemente eines realen Raumgeschehens / der spiegelbildlichen Umkehrung des realen Raumausschnittes / Nachbildes / der Übertragung in der Relativität ihrer Geschlossenheit gerichtet.
Die Augen des Betrachters ziehen die Elemente eines realen Raumgeschehens / der spiegelbildlichen Umkehrung des realen Raumausschnittes / Nachbildes / der Übertragung in der Relativität ihrer Geschlossenheit widerstandslos in die tiefe Schärfe der sich weitenden Pupille / des Sehrohrs / lichtgebrochen / gestürzt / verkleinert zur Netzhaut/ zur Zelle als Lichtreiz / durch den Nervenstrang Sehnerv an die Schaltstelle zur Umkehrung durch das Gehirn.

Die Elemente eines realen Raumgeschehens / der spiegelbildlichen Umkehrung des realen Raumausschnittes / Nachbildes / der Übertragung in der Relativität ihrer Geschlossenheit verlassen in keinem der Fülle des Geschehens ihren ursprünglich zugewiesenen Platz.

Durch den Vorgang des Sehens hält der Betrachter die Elemente eines realen Raumgeschehens / der spiegelbildlichen Umkehrung des realen Raumausschnittes / Nachbildes / der Übertragung in der Relativität ihrer Geschlossenheit für wahr.

Durch den Vorgang des Sehens offenbaren die Elemente eines realen Raumgeschehens / der spiegelbildlichen Umkehrung des realen Raumausschnittes / Nachbildes / der Übertragung in der Relativität ihrer Geschlossenheit dem Betrachter die Wahrnehmung einer Wirklichkeit.

Da der Betrachter durch den Vorgang des Sehens die Elemente eines realen Raumgeschehens / der spiegelbildlichen Umkehrung des realen Raumausschnittes / Nachbildes / der Übertragung in der Relativität ihrer Geschlossenheit und Offenbarung einer Wirklichkeit für wahr hält, kann er für kurze Zeit jeglichen Zweifel an ihrer Existenz außer acht lassen.
Durch den Vorgang des Sehens ist die Existenz der Elemente eines realen Raumgeschehens / der spiegelbildlichen Umkehrung des realen Raumausschnittes / Nachbildes / der Übertragung in der Relativität ihrer Geschlossenheit für den Betrachter für kurze Zeit beweisbar.

Der Betrachter befindet sich gleichzeitig, wie angenommen werden muß, als Element eines ihn umgebenden, realen Raumgeschehens in unmittelbarem Zusammenhang / wechselnder Wirkung / Anziehung / Abstoßung aller Elemente des ihn umgebenden Geschehens, auch jener der spiegelbildlichen Umkehrung des realen Raumausschnittes / Nachbildes / der Übertragung in der Relativität ihrer Geschlossenheit.

Im Vorgang des Sehens / des kurzen Fürwahrhaltens der Elemente eines realen Raumgeschehens / der spiegelbildlichen

Umkehrung des realen Raumausschnittes / Nachbildes / der Übertragung in der Relativität ihrer Geschlossenheit schiebt der Betrachter die übrigen Elemente des ihn umgebenden realen Raumgeschehens als dessen Element aus dem Sehfeld / Blickwinkel / Bewußtsein, ohne aus dem Zusammenwirken aller Elemente des ihn umgebenden realen Raumgeschehens zu fallen.

Der Betrachter verharrt frontal vor dem für kurze Zeit für wahr gehaltenen Abbild der Elemente eines realen Raumgeschehens / der spiegelbildlichen Umkehrung des realen Raumausschnittes / Nachbildes / der Übertragung in der Relativität ihrer Geschlossenheit, ohne die übrigen Elemente des ihn umgebenden, realen Raumgeschehens als dessen Element für kurze Zeit oder bis auf weiteres wahrzunehmen, vielmehr beginnt er, sich auf die Elemente des realen Raumgeschehens / der spiegelbildlichen Umkehrung des realen Raumausschnittes / Nachbildes / der Übertragung vereinzelt zu beziehen.

Er beginnt für sich, die Elemente jenes realen Raumgeschehens / der spiegelbildlichen Umkehrung des realen Raumausschnittes / Nachbildes / der Übertragung aus der Relativität ihrer Geschlossenheit zu lösen.

Er beginnt, den Elementen jenes realen Raumgeschehens / der spiegelbildlichen Umkehrung des realen Raumausschnittes / Nachbildes / der Übertragung durch den Vorgang des Sehens / Fürwahrhaltens für kurze Zeit abgesehen von der Relativität ihrer Geschlossenheit Eigenständigkeit zu verleihen.

Er beginnt für sich, die Elemente jenes realen Raumgeschehens / der spiegelbildlichen Umkehrung des realen Raumausschnittes / Nachbildes / der Übertragung abgesehen von der Relativität ihrer Geschlossenheit in ihrer Eigenständigkeit mittels seiner Stimme nachzuformen.

Er beginnt für sich, die Elemente jenes realen Raumgeschehens / der spiegelbildlichen Umkehrung des realen Raumausschnittes / Nachbildes / der Übertragung abgesehen von der Relativität ihrer Geschlossenheit in ihrer Eigenständigkeit durch den Vorgang des Sehens mittels seiner Stimme in ein Lautbild umzuformen.

Er beginnt für sich, das Wesen der Elemente jenes realen Raumgeschehens / der spiegelbildlichen Umkehrung des realen Raumausschnittes / Nachbildes / der Übertragung abgesehen von der Relativität ihrer Geschlossenheit vereinzelt durch den Vorgang des Sehens mittels seiner Stimme in Form eines Lautbildes auszudrücken.

Er beginnt, das Wesen der Elemente jenes realen Raumgeschehens / der spiegelbildlichen Umkehrung des realen Raumausschnittes / Nachbildes / der Übertragung abgesehen von der Relativität ihrer Geschlossenheit vereinzelt durch den Vorgang des Sehens mittels seiner Stimme in Form eines Lautbildes zu erforschen.

Er beginnt für sich, das Wesen der Elemente jenes realen Raumgeschehens / der spiegelbildlichen Umkehrung des realen Raumausschnittes / Nachbildes / der Übertragung abgesehen von der Relativität ihrer Geschlossenheit vereinzelt durch den Vorgang des Sehens mittels seiner Stimme in Form eines Lautbildes wenn auch nur für kurze Zeit zu erkennen.

Es beginnt für sich, das Wesen der Elemente jenes realen Raumgeschehens / der spiegelbildlichen Umkehrung des realen Raumausschnittes / Nachbildes / der Übertragung abgesehen von der Relativität ihrer Geschlossenheit vereinzelt durch den Vorgang des Sehens mittels seiner Stimme in der Form seines Lautbildes für wahr zu halten.

Er beginnt, das Wesen der Elemente jenes realen Raumgeschehens / der spiegelbildlichen Umkehrung des realen Raumausschnittes / Nachbildes / der Übertragung abgesehen von der Relativität ihrer Geschlossenheit vereinzelt durch den Vorgang des Sehens mittels seiner Stimme in Form seines Lautbildes in sich aufzunehmen.

Er beginnt, sich auf das Wesen der Elemente jenes realen Raumgeschehens / der spiegelbildlichen Umkehrung des realen Raumausschnittes / Nachbildes / der Übertragung abgesehen von der Relativität ihrer Geschlossenheit vereinzelt durch den Vorgang des Sehens mittels seiner Stimme in Form seines Lautbildes und durch den Vorgang des Hörens in differenzierter Weise erneut zu beziehen.

Er beginnt, dem Wesen der Elemente jenes realen Raumgeschehens / der spiegelbildlichen Umkehrung des realen Raumausschnittes / Nachbildes / der Übertragung vereinzelt durch den Vorgang des Sehens mittels seiner Stimme in Form seines Lautbildes durch den Vorgang des Hörens nachzuhorchen.

Er beginnt, das Wesen der Elemente jenes realen Raumgeschehens / der spiegelbildlichen Umkehrung des realen Raumausschnittes / Nachbildes / der Übertragung vereinzelt durch den Vorgang des Sehens mittels seiner Stimme in der Form seines Lautbildes durch den Vorgang des Hörens für wahr zu halten.

Er beginnt, die Elemente jenes realen Raumgeschehens / der spiegelbildlichen Umkehrung des realen Raumausschnittes / Nachbildes / der Übertragung durch den Vorgang des Sehens mittels seiner Stimme in der Form seines Lautbildes durch den Vorgang des Hörens und vermeintlichen Erkennens in ihrem Wesen aufeinander zu beziehen.

Er beginnt, die Elemente jenes realen Raumgeschehens / der spiegelbildlichen Umkehrung des realen Raumausschnittes /

Nachbildes / der Übertragung durch den Vorgang des Sehens mittels seiner Stimme in der Form seines Lautbildes durch den Vorgang des Hörens und vermeintlichen Erkennens in ihrem Wesen in einen vermeintlichen Zusammenhang zu stellen.

Er beginnt, sich in den vermeintlichen Zusammenhang der Elemente jenes realen Raumgeschehens / der spiegelbildlichen Umkehrung des realen Raumausschnittes / Nachbildes / der Übertragung durch den Vorgang des Sehens mittels seiner Stimme in der Form seines Lautbildes durch den Vorgang des Hörens und vermeintlichen Erkennens einzubeziehen.
Obwohl der Blick des Betrachters frontal und gleichsam von außen in den Ausschnitt eines Schlafraumes / in die spiegelbildliche Umkehrung des realen Raumgeschehens / Nachbildes / der Übertragung fällt, fühlt sich der Betrachter durch den Vorgang des Sehens mittels seiner Stimme in der Form seines Lautbildes durch den Vorgang des Hörens und vermeintlichen Erkennens in den vermeintlichen Zusammenhang der Elemente jenes realen Raumgeschehens / der spiegelbildlichen Umkehrung des realen Raumausschnittes / Nachbildes / der Übertragung einbezogen.

Durch die vermeintliche und vereinzelte Erkenntnis des Wesens der Elemente jenes realen Raumgeschehens / der spiegelbildlichen Umkehrung des realen Raumausschnittes / Nachbildes / der Übertragung beginnt der Betrachter infolge des Vorgangs des Sehens und mittels seiner Stimme in der Form seines Lautbildes durch den Vorgang des Hörens eine Vielzahl vermeintlicher Zusammenhänge jener Elemente im vermeintlich größeren Zusammenhang zu erkennen.

Durch die vermeintliche und vereinzelte Erkenntnis des Wesens der Elemente jenes realen Raumgeschehens / der spiegelbildlichen Umkehrung des realen Raumausschnittes / Nachbildes / der Übertragung beginnt der Betrachter infolge des Vorgangs des Sehens und mittels seiner Stimme in der Form seines Lautbildes durch den Vorgang des Hörens sich selbst in eine Vielzahl vermeintlicher Zusammenhänge jener Elemente in einem vermeintlich größeren Zusammenhang einzubeziehen.

Durch die vermeintliche und vereinzelte Erkenntnis des Wesens der Elemente jenes realen Raumgeschehens / der spiegelbildlichen Umkehrung des realen Raumausschnittes / Nachbildes / der Übertragung beginnt der Betrachter infolge des Vorgangs des Sehens und mittels seiner Stimme in der Form seines Lautbildes durch den Vorgang des Hörens eine Vielzahl vermeintlicher Zusammenhänge der Elemente in einem vermeintlich größeren Zusammenhang für wahr zu halten.

Durch die vermeintliche und vereinzelte Erkenntnis des Wesens der Elemente jenes realen Raumgeschehens / der spiegelbildlichen Umkehrung des realen Raumausschnittes / Nachbildes / der Übertragung beginnt der Betrachter infolge des Vorgangs des Sehens und mittels seiner Stimme in der Form seines Lautbildes durch den Vorgang des Hörens auch sich selbst in einer Vielzahl vermeintlicher Zusammenhänge der Elemente in einem vermeintlich größeren Zusammenhang für wahr zu halten.

Für kurze Zeit.

BESCHREIBUNG DER BETRACHTUNG DES BETRACHTERS

(Bild, schwarzweiß)

Da der Blick des Betrachters frontal in den Ausschnitt eines Schlafraumes fällt, der eine spiegelbildliche Umkehrung des realen Raumausschnittes darstellt und zugleich dessen Nachbild / Übertragung, trifft er auf den Mittelpunkt jenes realen Raumgeschehens / der spiegelbildlichen Umkehrung des realen Raumausschnittes / des Nachbildes / der Übertragung, ein Doppel / Ehebett, dessen Kopfende an der Südseite des Raumes / Raumausschnittes / Schlafraumes liegt, dessen nicht sichtbares Fußende wenige Schrittspannen / Meter, wie angenommen werden darf, von der gedachten Nordwand des Schlafraumes entfernt ist.

Die Diagonale des Raumausschnittes / der spiegelbildlichen Umkehrung / des Nachbildes / der Übertragung verläuft durch den Betrachter hindurch von der südlichen / östlichen Ecke des Schlafraumes zu dessen gedachter nördlich westlichen Ecke. Der Blick des Betrachters setzt sich diagonal über den südlichen / östlichen Rand des Doppel / Ehebettes hinweg in die südlich / östliche Ecke des Raumausschnittes / Schlafraumes, die naturgegeben einen rechten Winkel bildet. Der dunkelgraue Faltenwurf eines Vorhanges / ansteigenden Vorhangabschnittes von links nach rechts beziehungsweise rechts nach links aus der südlich / östlichen Ecke mit Farbtiefen in den Falten / Fallfurchen und helleren Erhebungen / Rundungen nach außen hin / Umbra natur / grenzt an ein nach Osten, nunmehr nach Westen weisendes Fenster / Fenstersegment, andeutungsweise lichtgrau gerahmt / in andeutungsweise gelbstichigem Weiß. Das Gespinst eines silbrig gehauchten / wolkenweißen Stores gibt, gerafft, einen schmalen Streifen des ungetrübt blanken Fensterglases frei, der spiegellos

Baumwipfel / Blattwerk / - gewölk, grauschattiert / von erdgrün bis Hookers Grün 2 / das blendende Schneeweiß eines Wegverlaufes erkennen läßt. Die Kopfenden des Doppel / Ehebettes, die durchgehend mit feingemasertem Holz aus - wie angenommen - Birke natur gefertigt sind, schließen in einer Höhe von etwa dreißig Zentimetern mit einer Ablage von vermutlich mehr als einem Dezimeter Breite zur südlichen / nördlichen Wand des Raumausschnittes / Schlafraumes ab. Ungebrochen kleidet sie die östliche / nunmehr südliche Ecke des Raumes / Raumausschnittes aus und setzt sich in gleicher Höhe unter dem Fenster / Fenstersegment, andeutungsweise lichtgrau gerahmt, in andeutungsweise gelbstichigem Weiß der östlichen beziehungsweise westlichen Wand des Raumausschnittes / Schlafraumes bis in die nördliche / westliche Ecke, die lediglich gedacht werden kann, fort. Die bis unterhalb des Fensters / Fenstersegmentes ebenfalls durchgehende Holzverkleidung aus heller, feingemaserter Birke natur, wie angenommen werden darf, ist an dieser Stelle gitterförmig durchteilt, vermutlich, um der aus dem dahinter befindlichen Heizkörper / Radiator aus bildhaft weißgrauem Keramikgerippe in real gelbstichigem Weiß warm ausströmenden Luft das Sichausbreiten und Aufsteigen im Raum zu ermöglichen. Die Ablage an der Süd - beziehungsweise Nordseite des Raumausschnittes / Schlafraumes von Osten nach Westen oder Westen nach Osten über den Kopfenden des Doppel / Ehebettes ziert eine Madonnenfigur mit Kind aus vermutlich lichtem Weichholz natur, die sich nur wenig vom Ton der Holzverkleidung in fein gemaserter Birke natur, wie erwähnt, abhebt, sowie allerlei anderer Zierrat in unterschiedlichen Grauabstufungen, wahrscheinlich bunt, und ein Bücherstoß von etwa abermals dreißig Zentimetern Höhe im innersten Winkel der östlichen beziehungsweise westlichen Ecke des Raumausschnittes / Schlafraumes.

Begibt sich der Betrachter gedanklich in die linke, also genauer betrachtet südwestlich / nordöstlich gelegene Hälfte des

Doppel / Ehebettes, so ist ihm abermals zur linken ein nach vorne freischwebendes Nachtkästchen angebracht, das eine kugelige Nachttischlampenbirne aus milchigem Glas auf im Farbton mit den übrigen Holzarten harmonierendem Fuß, zwei Diabehälter unterschiedlicher Größe und gegensätzlicher Grautonwerte sowie einige zum Stoß aufeinandergestapelte Bücher in Kniehöhe standbildhaft hält. An der Holzverkleidung oberhalb des Nachtkästchens hängt senkrecht in einer Konsole ein Telephonhörer in stark verdichtetem Grau / beinahe Schwarz beziehungsweise Umbra gebrannt. Begibt sich der Betrachter nunmehr des Bildes abermals in die linke Hälfte des Doppel / Ehebettes des Bildes selbst, so ist in der Hälfte zu seiner rechten das Bettzeug zerwühlt, sind zwei Kissen, beinahe weiß beziehungsweise grauweiß gestreift / vermutlich von roten Blitzen durchzogen und orangen Herzen durchwirkt, übereinander gelagert, darübergelegt eine Nackenrolle wie eine ruhende Nacktschnecke gekrümmt. Das unter der Rolle vorgeschobene Kissen zeigt den Abdruck eines Kopfes, die zurückgeschobene, grauweiß gestreifte, vermutlich von roten Blitzen durchzogene und orangen Herzen durchwirkte Bettdecke läßt ein kurzes Stück weißen beziehungsweise hellgrauweißen Leintuches sehen, das noch immer straff gespannt scheint. Die zur rechten des Betrachters liegende Hälfte des Doppel / Ehebettes weist auf eine kurz - oder auch längerfristig zurückliegende Anwesenheit einer zweiten Person hin. Der Betrachter hat sich in seiner Betrachtung des Bildes in das Bild selbst hineinbegeben und somit in die Gestalt des Protagonisten in der linken Hälfte des Doppel / Ehebettes des Bildes selbst.

Der Betrachter ist in der Betrachtung des Bildes durch gedankliche Übertragung in das Bild selbst zum Protagonisten des Bildes geworden. Der Betrachter ist nunmehr der Protagonist. Für die Dauer der gedanklichen Übertragung. Für kurze Zeit.

JANUS SCHLÄFT

(Wenn ich tue, was ein anderer tut, sehe ich mich nicht, sehe nur Teile von mir. Ich sehe mich nicht, wie ein anderer mich sieht, wenn ich tue, was er tut, wie ich ihn sehe, wenn er tut, was ich tue. Ich sehe mich nicht, wenn ich schlafe, auch nicht Teile von mir. Ein anderer sieht mich, wenn ich schlafe, wie ich ihn sehe, wenn er schläft. Wenn wir schlafen, wissen wir nichts voneinander.)

Da der Blick des Betrachters nunmehr wieder frontal in den Ausschnitt eines Schlafraumes fällt, der eine spiegelbildliche Umkehrung des realen Raumausschnittes darstellt und zugleich dessen Nachbild / Übertragung, trifft er somit auf den Mittelpunkt jenes realen Raumgeschehens / des Nachbildes / der Übertragung, genaugenommen in die nunmehr rechte Hälfte des Doppel / Ehebettes, in der Janus schläft. Da der Betrachter sich nach kurzer Zeit aus der gedanklichen Übertragung seiner selbst in das Bild und somit in die Gestalt des Protagonisten des Bildes zurückgezogen hat, sieht er sich genötigt, den Protagonisten des Bildes als eine Person außerhalb seiner selbst / des Betrachters / zu betrachten. Da der Betrachter infolge seines Rückzugs aus der Gestalt des Protagonisten des Bildes wieder zum Betrachter außerhalb des Bildes geworden ist und somit den Protagonisten innerhalb des Bildes als andere Person / als sein Nichtich beziehungsweise als ein anderes Ich respektive Du / erkennen beziehungsweise für wahr halten muß, sieht er sich genötigt, für den Protagonisten des Bildes einen Namen zu finden. Er versieht ihn mit dem Namen Janus.

Janus liegt in der für den Betrachter außerhalb des Bildes rechten Hälfte des Doppel / Ehebettes auf dem Bild. Sein Kopf ruht auf einem leicht zusammengeknüllten Kissen in hellstem Grau, das bei genauem Hinsehen eine zarte rhomben- beziehungsweise rautenförmige Musterung in etwas dunkleren Grautönen, die ihrerseits in der Mitte der Rhomben beziehungsweise Rauten wieder in hellstes Grau übergehen, aufweist. Janus liegt auf dem Rücken. Er ist mit einer bis knapp über die Brust reichenden Bettdecke zugedeckt, die wie das Kissen in der nunmehr linken Hälfte des Doppel / Ehebettes von vermutlich roten Blitzen durchzogen und orangen Herzen durchwirkt ist. Sie weist also eine völlig andere Musterung als das Kissen, auf dem Janus'Kopf ruht, auf. Janus-'rechter Arm liegt ausgestreckt an seiner rechten Seite, die Finger seiner rechten Hand wie zum Siegesgruß gespreizt. Janus'linke Hand an seiner linken Seite hebt sich dunkel und mit ausgestrecktem Daumen, Zeige- und Mittelfinger von der hellen Bettdecke und der Holzverkleidung, Birke natur, gitterförmig durchteilt, unterhalb des Fensters / Fenstersegmentes der auf dem Bild westlichen Wand des Schlafraumes ab. Janus'linker Arm ist von der Bettdecke zur Gänze verdeckt. Janus' Gesichtsausdruck kann nicht entnommen werden, daß Janus schläft. Janus« Gesichtsausdruck kann dem Bild nicht entnommen werden. Janus' Gesichtsausdruck kann infolge der außergewöhnlich dunklen Gesichts- beziehungsweise Hautfarbe auf dem Bild der außergewöhnlich dunklen Gesichts- beziehungsweise Hautfarbe nicht entnommen werden.

Janus' Gesichtsausdruck zeichnet sich von der außergewöhnlich dunklen Gesichts- beziehungsweise Hautfarbe auf dem Bild nicht ab. Der Betrachter, dessen Blick frontal in den Ausschnitt eines Schlafraumes und auf das Gesicht des Protagonisten fällt, kann lediglich aus der Lage des Protagonisten in der nunmehr rechten Hälfte des Doppel / Ehebettes auf dem Bild schließen, daß Janus schläft. Da Janus auf dem Rücken liegt, kann seiner scharfkantigen Kopfform entnommen werden, daß sein Gesicht nach oben weist. Der Blick des Betrachters trifft die scharfkantige Kopfform beziehungsweise das Gesicht des Protagonisten von rechts. Da der außergewöhnlich dunklen Gesichts- beziehungsweise Hautfarbe des scharfkantigen Kopfes des Protagonisten auf dem Bild kein Gesicht-

ausdruck entnommen werden kann, ist der Betrachter des Bildes auf Vermutungen angewiesen. Aus der Rückenlage des Protagonisten in der rechten Hälfte des Doppel / Ehebettes auf dem Bild schließt der Betrachter, daß Janus schläft.
Er vermutet entspannt geschlossene Augenlider. Er vermutet nach hinten beziehungsweise unten gesunkene Wangentaschen. Er vermutet leicht geöffnete Lippen. Er vermutet, daß die Lidränder zu zittern beginnen. Er vermutet immer schneller werdende Augenbewegungen hinter den geschlossenen Lidern.
Er vermutet, daß sich die Augäpfel hinter den geschlossenen Lidern immer schneller von rechts nach links beziehungsweise umgekehrt bewegen.
Er vermutet Bilder hinter den geschlossenen Lidern des Protagonisten Janus auf dem Bild. Da sich der Betrachter aus der Gestalt des Protagonisten und somit aus der gedanklichen Übertragung in die Gestalt des Protagonisten auf dem Bild und somit in das Bild selbst zurückgezogen hat, vermutet er nichts über den Inhalt der Bilder hinter den vermutlich geschlossenen Lidern des vermutlich schlafenden Protagonisten Janus auf dem Bild.

Der Betrachter hat also beschlossen, seine Vermutungen einzustellen. Der Betrachter hat also beschlossen, keine weiteren Vermutungen über den vermutlich schlafenden Protagonisten Janus auf dem Bild und den Inhalt der vermuteten Bilder hinter den vermutlich geschlossenen Lidern des Protagonisten anzustellen. Der Betrachter hat also begonnen, seinen Blick, der noch Sekunden zuvor frontal in den Ausschnitt eines Schlafraumes / die spiegelbildliche Umkehrung des realen Raumausschnittes / in dessen Nachbild / Übertragung gefallen war, aus dem Ausschnitt des Schlafraumes/ der spiegelbildlichen Umkehrung des realen Raumausschnittes / Nachbildes/ der Übertragung zurückzunehmen. Der Betrachter hat also begonnen, sich aus den Elementen des Ausschnittes eines Schlafraumes / der spiegelbildlichen Umkehrung des realen Raumausschnittes / dessen Nachbildes / Übertragung, aus deren vermuteten Zusammenhängen im vermutet größeren Zusammenhang als Element des Betrachters und der vermuteten Erkenntnis zu lösen. Der Betrachter hat also begonnen, in die Elemente seines ihn umgebenden, vermutet realen Raumgeschehens als Element des ihn umgebenden, vermutet realen Raumgeschehens, in deren vermutete Zusammenhänge in einem vermutet größeren Zusammenhang zurückzukehren. Der Betrachter hat also seinen Blick aus der Betrachtung des Ausschnittes eines Schlafraumes, der spiegelbildlichen Umkehrung eines realen Raumausschnittes / dessen Nachbildes / der Übertragung gelöst, folglich seine Lider gesenkt und wie zufällig einen Ausschnitt seines linken Unterarmes mit der lose im Schoß liegenden linken Hand und der silbernen Uhr am silbernen Uhrband auf der nackten Haut seines Handgelenks/ linken Unterarmes / der linken Hand ins Auge gefaßt. Der Betrachter hat weiterhin in einiger vermuteter Verwirrung und mit vermutet aufsteigendem Erstaunen die Elemente des für ihn sichtbaren Unterleibes und seiner schwarzweißen Bekleidung, seiner unteren Extremitäten bis hin zu den Zehenspitzen eingehend und detailliert betrachtet. Der Betrachter hat in vermutlich in sich selbst fühlbar aufsteigender Verwirrung, ja Panik seinen rechten nackten Unterarm mit seiner rechten Hand, die noch unmittelbar davor das Bild eines Ausschnittes eines Schlafraumes / der spiegelbildlichen Umkehrung eines realen Raumausschnittes / dessen Nachbildes / der Übertragung und all seiner spiegelbildlich wiedergegebenen Elemente auf die Tischplatte des sie umgebenden vermutlich realen Raumgeschehens gelegt hat, hochgerissen und mit den Fingerkuppen der rechten Hand am hochgerissenen rechten Unterarm seine rechte Wange, die rechte Hälfte seines Kinns, seiner Lippen, Nase und Stirn mit immer heftiger werdenden Bewegungen abgeklopft. Mit heftigem Ruck hat der Betrachter seinen Körper beziehungsweise sein Gesäß von der Sitzfläche seines Stuhls und so eines der Elemente seines ihn umgebenden, vermutlich realen Raumgeschehens hochgerissen und ist in für einen ihn potentiell betrachtenden Betrachter innerhalb oder außerhalb des den Betrachter umgebenden vermutlich realen Raumgeschehens kaum nachzuvollziehender Geschwindigkeit durch die offene Tür an der Südwand des den Betrachter zuvor umgebenden vermutlich realen Raumgeschehens als dessen Element in nicht nachzuvollziehender Richtung davongestürzt.

DRITTER TEIL

ZWISCHENZEIT. TAGE, TAGE INS JAHR.

ZWISCHENZEIT
TAGE TAGE
INS
JAHR

(November 1993 bis April 1994)

mein Stimmbuch

Stimmenbuch Grund/
Stimmungsbuch, so
schreibe ich an M.,
Kastanienfontanelle
halbgeöffnetes Li(e)d

... der von außen mitgebrachte Name, Namenszug, überzogener Ruf, ein / gebildeter Name, gleich dieselben Härten und Spitzen, Weichstellen wie im Vorjahr, dieselben Bruch / Trennstücke, Auseinanderbruchstücke, zu Füßen die Stadt vom Untersberg / Gaisberg / Mönchsberg mit einemmal neu, vom Vorjahr die Stadt gesehen wie nie zuvor mit einemmal anders und doch....nach langer Ankunft und Wiederkehr... die aufeinander zulaufenden, einander jährlich auffüllenden Bilder aus Richtungen, die es nicht gibt, in keinem Lehrbuch verzeichnet sind, in keinem Unterricht einstudiert, abgeprüft, aus unzählbaren, unnennbaren Richtungen, einander zulaufend, zusammenlaufend unter einem von außen mitgebrachten Namen... selten ein Schlüssel...

in deinem Brief hast du davon nichts geschrieben

... wie komme ich zur Salzachbrücke... das Klatschen der Entenflossen, gleichzeitig die Spur auf dem Wasser, ach wie synchron würdest du rufen, ach dieser Gleichklang... das rote Fahrrad an der Uferböschung, das achtlos hingeworfene, weggeschleuderte Rad mit verrenkten Gliedern, ausgerenkten Pedalen, wie ausgesetzt, namenlos, aufgerissen der Sattel, geblüht die Nähte, zerfetzt, einem gängigen Bild entzogen und zugeführt, die Lebensnotwendigkeiten weit außer acht die Lebensnöte / Notwendigkeiten achtlos vertan... niemals für wahr gehalten und nun...

in deinem Brief hast du davon nichts geschrieben

... das aufgebrachte Klatschen der Flossen, die bewegte, trüb gewordene Spur, die auseinanderlaufenden Bilder, Trennstücke / Bruch... o hätte er eine Posaune, die zitternden Notenflügel / Flüge, die flirrende, glattgestrichene Spur, die gleitenden Bilder... o hätte er... Blendwerk / Blende UND

... in der Lichtung der Fichtenzweige plötzlich die wächsernen Hände, die nach dem Bettlaken greifen, den Grad der Nässe befühlen, selber schwammig und feucht, denke ich, auf einem grellen Hintergrund rotviolett... plötzlich die Hände, der zu enge Ring im Fleisch, die weißen, schwammigen Hände des Kranken, die unaufhaltsam Berührung suchen, bebend und ziellos, gierig ins Leere fassen, der starre Blick hinter Glas, schnaubende, aufgeblasene Nüstern, der Kranke mit den zu kurzen Schritten wie zierlich ineinander verzahnten Fingern über der Brust, kindliche Geste eingestandener Schuld zag erhoffter Vergebung, angsterfüllten Gebets, gewichtiger Umriß... nicht hinsehen wollen, die Berührung nicht spüren, das fleischige, schwammige Weiß, dringende/zudringliche Anmutung... der Ausschnitt noch immer, vergebliche Flucht...

... dulde nun keine Verstellungen mehr... in eine Fassade hineingehen, eingelassen werden, einen Augenblick lang an Rettung glauben...

Die Geschichten vom Anfang, die Odergeschichten, Deutungsgeschichten, stets erfundene Biographie...

... in die Träume hineingerissen, in den Schlaf das Abgetrenntsein der üblichen / geübten Handlungen / Dinge / Bedeutungen, der Riß zwischen außen und innen... du lebst im Reich deiner Bodeninseln, sagt August, nun endlich im Strom emporgeschnellt, zündende Lava, man läßt dich ja nie: aus dem Leben ins Dasein zurückgeholt...

... wachsende Tage noch unbemerkt, die in den Lichtkranz des Abends fallen verfrüht und mit jedemmal später die Amselbitte, noch der Roheit unserer Augen entzogen, menschliches Augenwrack, Sensor der Tiere, da bleibst du weltweit zurück..

... und winterblitzende Bäche dem Anfang oder dem Ende zu, wer kann es sagen, Mäandergräben gespurt vom Schlag der

Gestirne / Kältereiz / Mond im Zunehmen gebrochen, in Regenstürmen zerstückt... der täglich länger dauernde Schlaf der Katze, geringe Nahrung nur noch, hat sie doch immer die Mondphasen gespürt, sagst du, empfindsam und wach... sie schläft dem Sterben entgegen, sage ich, widerstandslos, ergeben, gefügt, kreatürliches Einver(ge)stehen, da weicht sie von dir, unaufhaltsames Wachsen von Ferne, sie schlägt deine Hand nicht aus im Berühren, verläßt dich nur schweigend, verwehrt dir stumm, ihr zu folgen, eine andere Nacht bricht aus dir...
zurückgehen die Wintergräben im Dunkeln, in vollständigem Schwarz, einst wieder ausströmen Mündung und Quell (?) „was du nicht denken kannst, tritt auch nicht ein", uneinsehbare Nacht, der Wald schwärzer als Nacht...
nur dort tritt mein Bild auf...

... was ich sage, schießt sogleich stehende Bilder ins All / Bildblitze, was ich sage, nimmt sogleich bildhaft Gestalt an, wird Selbst, verselbständigt sich, zwanghaft Wortfluch und Sprachmagie, das Denken einstellen, unterlassen auf immer, wenn man es könnte, das Sprechen, Wortfluch und Flucht, schwarze Auslieferung an das Wort, sagt August, deine Sprache hat Macht über dich, es sind die Bilder der Angst, verderblicher Sog... mit dem Untergang täglich beginnen...

... gehe ich im Regen, dumpfe Landschaft, den modrigen Duft in den Nüstern die Pferde das Kohlenhändlers zur Zierde, haben das Wiehern vergessen, weißer Dunst verdichtet im Atem feuchtkühl, doch ganz nah die Berge zur Hand, schläft die Katze wirklich schon lang, sage ich, undurchdringlicher Katzenschlaf wie auf immer... die Schläge der Stunden zertrümmern mir Atem und Herz...

... ziehe ich den modrigen Duft zwischen Gehölz den geschnitzten Puppenleiterwagen des Großvaters hinter mir her, der steife Gliedermann noch unfertig, zu keiner Bewegung ohne Gelenk, mit gespreizten Beinen ausgewalzt auf dem Rükken, sucht er den Himmel ab, verrutscht vertuschte Regenkrume im Aug, schwarzblaue Löcher mit Wasserfarbe ins Holz gesaugt, Holzporen Linien Adern, blaues Geflecht, sagt August, warum hast du das Ausstrahlen der Farbe nicht vorher bedacht hier in der Nässe, Schnitzwerk des Großvaters im modrigen Duft, es ist keine Jahreszeit mehr, sage ich, lang schon nicht mehr, nur unablässig Tage Tage ins Jahr... keine Jahreszeit Tagzeit dazwischen niemandes Zwischenzeit, ist es Erinnerung... die tödlichen Schläge der Stunden...

... Geschnatter des Windes, der Himmel läuft hinter mir her Rieseln aufgeschäumt weht mir davon, des Käuzchens Ruf in der Nacht, und nun die auseinandergreifenden Tannen im Park, der Baß eines Flugzeugs hinaus auf die Straße, wie aufgewölbt plötzlich schießt mir ein Schwall Asphaltgrau gegen die Augen, zerschellt wie geborsten an der Windschutzscheibe, nicht wieder ein Zeichen! ein Hügel am Straßenrand gegenüber winziges Laubbraun oder wie Fell, nicht wieder ein Zeichen, geschlossene Haltung spiralig gedreht, eingezogen, gerollt der Rücken nach außen gegen die Fahrbahn...

Gewitterstimme und Schostakowitsch

... elende Schnarchgeräusche, atemschabendes Stoß- und Einziehgeräusch, dunkeltönender Atem moosgrün moosschwarz Morast, durch die starren Falten der Räume dichtgefügte Tonstufen/Abstufung/Schwefelgebälk, vorübergehend ansteigend im Licht/Lichtschattengeräusch, das hinausgeworfene Fensterfeld scharf an ein Gegenüber gegenüberscharrende Mauertextur... es ist etwas, sagt Lena, etwas Trächtiges in der Luft, aufgeladene graue Durchsichtigkeit ohne Bewegung, der Atem steht still, sagt Lena, und so wittert die Katze ohne Bewegung wittert den Schritt des Windes voraus, wittert gespannt/angespannt ohne Bewegung Lichtschattengeräusch, schnürt, mit einemmal, daß es losbricht

über die Fensterbank, wittert geräuschlos, dann treiben die Geigen das Spiel in die Höhe wie nebenbei, zersägen das Innen schleudern Töne zu Boden schlagende Schritte der Bekken zueinandertreibende schleudernde Bögen einander treffend Staccato... ruhig abfallender Fluß... da es nun losbricht von außen, das macht meine Hände zittern, sagt Lena, diese aufgeladene stehende Durchsichtigkeit, d a s m a c h t m e i n e U n r u h e a u s, sagt Lena betont, als lese sie aus einem Buch, das treibt mir den Herzschlag hinauf ins Gehör, diese schnürende schleichende Stille...
Lichtschattengeräusche, S c h w e f e l g e b ä l k und das Zueinanderrücken der Dinge unverrückbar, Konturenschnitte, das Auseinanderlehnen K o n f i g u r i e r e n dazwischen Kerben ekstatische Schreie rhythmischer Donner und Bruch.. so viele Abschiede so viele letzte Blicke...

... wie Mondlicht auf deinem Scheitel Hinterkopf wie übergossen der Ohrmuschelrücken... plötzlich war da noch Leben, du von hinten und du, der du dir selbst ins Gesicht schaust, von der Seite und allen Seiten, der du dich drehst im Raster und daraus hervorsteigst, Spiegel... und plötzlich verblaßt, nebelverschluckt schlägst du das Buch auf, sprichst übervoll aus leergeschriebenen Seiten, meine Spur, sagst du, der Versuch, meine Spur zu besitzen...

... weil alles in mir wohnt, sage ich, die Bilder des Sterbens nun auch, immer öfter, sich zur Vollendung spinnendes Gewebe, der nach einer Unzahl von Jahren beinah erstmals wieder zur Schrift geformte Name am Blattende/Bett, der zur Übergabe geformte Name in einem Spitalsbett, zu jemandes Bestem unser aller... da hat es geschneit, sagt August, da hat es mitten ins Zimmer geschneit, obwohl es nicht Winter war, Maischnee und Frost, da fingen die Bilder zu ziehen an aus den Wänden, Waben, kleinen Kavernen, da wurden die Augen weit und hinausgerichtet aus uns über uns, da wurden die Wände zu Tüchern, Schleiern, zusammengeballt, beiseitegebauscht, da stürzte die Kälte nach innen, wurden Wände zu Wasser, stießen zurück in den Raum, erstickende Masse und zäh... da hast du dich wieder gescheut, ihre Hand von der Bettdecke zu nehmen, da hast du wieder das Verlangen gespürt, die nun feingliedrige Hand, sanft gefingert gefiederter Fächer/Flügel, gefiederter, empfindsamer Vogelleib, in die deine zu nehmen, ach wie so völlig verlernt, sage ich, ach wie so völlig vermieden eine Unzahl von Jahren beinah, ach wie so völlig hilflos und karg! da hast du dich wieder gescheut, das eingeübte Ritual zu durchbrechen, sogar vor den Bildern des Sterbens, vermieden den ungehobenen Schatz der Berührung...

... der klebrige Blick des Kindes, der mich jäh anspringt, weit geöffnet haftet an mir, mich unvorbereitet trifft, wehrlos, heimtückisch hinterrücks in mich einschlägt, mich lähmt, nicht mehr losläßt, ein für allemal im Visier, ist es das, warum mir die Nähe zu Kindern bisweilen unbehaglich, ja unerträglich wird, ich sogleich die Ellbogen an mich drücke, presse, mich einfalte, das Heben und Senken der Rippen im Ein- und Ausatmen behindere, die Arme, Hände über der Magengrube verschränkt, ineinandergedreht, geflochten gegen die langgedehnte, hinausgezogene, unverhohlene Zudringlichkeit, unverschämte Fixierung, festgemacht unter heiterem, unbeteiligtem Himmel, mit einemmal irgendwo, wo ich niemals anhielte, über mich ohne jegliches Einverständnis verfügend, wo mir die Beine gefesselt, die Fesseln enger und enger gezogen die Standfläche rauben, wo ich, die Fesseln eingeschnürt, die Knöchel übereinander schiebe, links über rechts, gegeneinander drücke, schmerzlich verkrampft in Muskelkrämpfen erstarre, zur Bewegungslosigkeit verbannt ja verdammt, ins Wanken, Kippen gerate, Kippfigur, zu fallen drohe, mein weitgeöffneter Blick/entzweigerissene Lider/sich einsaugt ins ungerührte Grau der Wand gegenüber, Noppen Sprünge im Anstrich mir Halt vor dem Absturz ich mich festzurre flackernden Augs zu den Augen des Kindes zurückkehre auf mir einsilbig abschätzig mich gering achtend wie nur ich ein sinnleeres

Grinsen in dieses mich abstoßende Pokergesicht zu pflanzen versuche, unbeantwortet bleibe, nun über den Scheitel des Kindes hinwegsehe mit betonter, unterstrichener Hochnäsigkeit ein für allemal überlegen, so kommst du mir recht... ist es das, warum ich, sonst kaum auf der Hut, in den Blick eines Kindes gesogen, die Falle/Versuchung vermeide, ihn zu erwidern...

... der du

den Mond über meinen Fenstergarten mein Fenstergrün / Feld ausgerollt hast, bebender Lichtmund, der du die Kuppen des grauen Lichts über die Wipfel legst, schmerzendes scharfes Silberlicht, der du die abgelebten zerriebenen Steine ins Leben trittst, durchwitterte Züge, der du hingehst über die wimmernde Geduld eines Steins: eingeschriebene Geste

gleichzeitig

die an den Zaun gedrückte/gelehnte, sich klammernde alte Frau mit dem schwarzen Tuch über dem Kopf / Apfelsack / Müll / Futtersack für das Tier / Fehlsichtigkeit des linken Auges / das Gemurmel der Stimmen vom Tisch her durch die Luft seitlich schwirrendes Lachen, glitzerndes Schwingen über dem Wasser kristallenes Fischschuppenlied / metallisch kommentierender Kindermund spiegelnder Widerlaut in die Ruhe gedehntes Wort ausgelegt über das Gras und die Tür, die ins Haus geht gefolgt mit der Hand auf den Fuß / das luftgefüllte Hemd, das dir den Arm reicht das Weiß auf der Schulter Strick Wasser trink Wasser trink... und die Anmut / Schwarzstorchgestalt / gläsernes Bein giacomettigliedriges Standbein / Rinnsal/fließendes wehendes Tuch / pechschwarzer Vogelschreck

... unterbrochen von Keuch / Schneuzgeräuschen des Zuges / schmerzhafter ROSEN KRANZ um den Tag / die Lieder verloren verloren in Zeitstimmen / im Wolkenbuch unverloren / ein

Wiedehopf, sage ich, draußen im Feld / Karfreitagsdornen die Wegsteine entlang, ein Wiedehopf erstmals unter dem Ahorngeäst gegenüber, Tritt / Trippelspuren hinter mir her ein Wippen am Kopf / die Fahne des Zuges von Süden südliche Zugsfanfare plötzlich einhelliges Licht / stimmlose Glocken ins Mittagsgeleit kein Riß durch den Himmel kein Riß....

... finde das Bild nicht von mir, nur eine Pose: G e s i c h t, um nicht gesehen zu werden...
... Schmerz über die feste Hüllung der Wörter oftmals am Tag, über die zweifellos eingefärbte Schale, Rüstung, die nicht schillert und blitzt, kein Licht zerteilt, bricht, keine Neben / Nebelklänge ausschwingt, unbeworben glatt und verfugt die sichere einzige Formulierung, unmißverstanden...
da das eigene Wort immer schon schmilzt, in seinen Gängen rumort, sich hinausdehnt, die Umklammerung sprengt mit zutage gezogenen Wurzeln, sich unähnlich ähnlich verschwistert unzählig, Seitenarme ausführt, dünne Tentakel glitschige Seilstränge gedreht, sodaß es wieder entwischt, samenflüchtig die Flugschirme hißt / nie ist was es ist... über die feste Laut / Laufschrift der Schmerz, zwischen den Wänden versteinerter Klang Auftritt und Druck in Regale Dinge Lampen gepackt / wie Packeis versetzt / ineinander geschobenes flüssiges Spiel oder Streu, aus der Belagerung Spore und Staub / diese Spreu, diese Sprachluftigkeit...

... Kamelrücken, Flechten über der Baumgrenze, an den Handlinien samtig gerüscht, die gewendete Uhr, gebogene halbe Faust, zärtliche Schließung, tierbraunes Bergfell, kein Gipfel angedockt im Himmel darüber...
... neben dem Münzautomaten der Mann / Wachtraum am hellichten Tag / vom Gehäuse bis in Augenhöhe verdeckt, als bekäme er nebenher Münzen in die Mundhöhle geschoben / und das verletzte Kind wieder am hellichten Tag auf leerer, gebuckelter Straße, das niemand wahrnimmt, das nur ich se-

hen kann um die fünfzehnte Stunde wie es die Augenuhr zeigt, der taubenblaue kühlende Sarg, und ich ging weg um die fünfzehnte Stunde / Stille ist nicht, wenn der Klang abbricht...

... das Gemeinsame immer nur Überblendung und Schnitt / vielleicht nützt es nichts, miteinander zu reden
... daß es das Menschliche ist / der anderen auch / diese Bewegung des Gehens, beugende, streckende Laufbewegung, das Heben der Beine, die Dinge der Tage, wie selbstverständlich unbedacht / daß es das Menschliche ist, wie einfach: ein Rad zu besteigen, auszugreifen nach dem Umgebenden, nacheinander / vergeblich / daß sich das Kind in das geöffnete, scheinbar offene Buch der Welt mit Münzaugen einliest / ich kann nicht aufhören, in jeder atmenden Geste die Erstarrung zu sehen...
Und wieder MURNAU, sagt August, wie so oft in Gedanken und besonders in letzter Zeit, als hätte sich mir geheim eine Verwandtschaft erschlossen, Wesensverschwisterung - das gedrehte Geländer, gedrechselt / das Alter der Augen und Hände, erdmüder Handlauf / trotziger, weher Blick, der sich nicht wendet und niemals erfüllt / Wüstenflug Sandzeit / das RUSSENHAUS denke ich, wieder die leuchtenden Bäume Z i n n o b e r - g r u ß, cölin / ultramarin Schattensommer, verlorener Giebel... fleckig und flußbraun die Stimme des Lamms, Straßengischt, lehmige Wölbung, die Farbe das Gelb, Wände sachte gezogen, feinste Strömung und Glaspalasten noch ehe das Vor / das Nachdenken einsetzt / Lampentrauben, Schwan oder Möwen bei Nacht / Baumengel Lichtbaum / Münter, Kandinskij, Franz Marc.... Schindelflügel im Westen, Treppe und Pferd, ein um sich blickender Reiter, der niemals sich umsah im Georgs - und Drachenland...

... Gesten für niemand, der zwischen den Lippen aufgeklappte einzelne Brillenflügel / Sperlingsgestöber gegen die Erlen / er malte die Birne für eine Birne zu klein, sagte sein Vater, den ganzen Tag über Giacometti gelesen / Blatt und Bild, Nagelschneise unter dem Haar das Reiben der Wangen den Kieferknochen entlang bis zum Ohr / da wieder die losgelöste Erinnerung das blutende Auge / ehe das Vor/das Nachdenken einsetzt, wirft er Schatten wie Samen... sammle ich Worte aus deiner Beschreibung, sammle ich Schutzengelworte gegen das Aussetzen der Linien in meiner Hand...

.... stille Spuren der Tiere im Schnee, dann der eilige Kreuztritt der Amsel, winziger Drudenfuß / habe den daunenleichten Leichnam des Vogels in die Erde gepflanzt, warte das Frühjahr ab... bin ja begeistert von jeder Bewegung, schneezügiger Windidee...
... im Traum: Hagelkörner verteilt ohne Kristall in den Augen...

... Rosenköpfchen auf dem Drahtseil, die Wörter links ausgesetzt, an den Rand gerückt gegen das Vergessen des Traums, Rosenköpfchen: hätte ich anhalten sollen, aufhalten die nachhaltige Ungewißheit über Hören und Sehen... um die Sprache gebracht der Tag mit dem Schilf über dem Horizont Elsternduft in den Flügeln, heiserer Abend.... Rosenköpfchen: hätte ich nur den Lockruf nachahmen können, den Nebelruf, Warnruf, stattdessen die über den Kopf geworfenen Arme...

(beendet April1994)

MINIATURES MUSICALES
I - X

zu Six Moments Musicaux
von Franz Schubert
im Text erweitert um vier
Miniaturen
(Entstehungsort Eisenstadt)

miniature musicale I (moderato / C major)

e i n z u s e h e n was er ist / ineinandergefallen die eigene biographie zu jeder sekunde am sehrohr gedreht bis sich die materie aufhebt / es ist immer musik und der bach schlägt die lippen wie schritte / seine gesten strichliert seien Sie höflich sagt jemand biegt ihm den mund nach innen daß er knickt die zweige so hart übers knie. bespringen zwei hasen lustvoll den tag liegen braun in den rüben so lang für den blick in der ferne schrumpft rot die gestalt des straßenmeisters zum märchen doch der bussard erstarrt nicht obwohl er stürzt aus den selbst-gezogenen kreisen geht er gerne verloren / herbhoch der ton einer mistel cellostrich flirrt aus den flügeln während der falter totspielt vor sonne / lacht ein anderer mit seinen sohlen im alten laub flüchtet die stimme geflochten ins gras.....
das kind schlägt mit der gerte die luft frei trägt die bühne im kopf zieht die gepräche durch schnüre wenn es sich nicht bewegt....
i m m e r w i e d e r verhält er sich unsichtbar / da tritt das haus allein durch die zweige den himmel geschultert bringt es die erkerfenster zum fliegen......

miniature musicale II (andantino /A flat major)

k e i n r e g e n zu sehen vorerst dann strähnen wie innen gehacktes holz der exerzierplatz hat die menschen verscheucht

zyklische spuren finden ihr lied nicht nur gewitter unter geschärften schwingen die geschichten erzählen sich weiter monströse gebetsschnur rinnt die wärme nach unten aus dem kannenhals gefährdete kunstkarten im halter auch tauben arten zuweilen in kompetenzkämpfe aus / vor einem hintergrund stehend ohne dahinter zu sehen macht mürbe im kopf / wie blind sprechen tage sich aus zwischen zähnen wenn er den vorgang nicht den augen entläßt nimmt sich die bewegung zurück / eigenzeit im brustkorb gehäuft unmerklich bis die kartusche zerspringt das tarnkleid an dichte gewinnt immer mehr glas zwischen der sprache des einen des andern so gehen die münder zur raufe und ein lachen folgt ihnen vor spott ohnehin ist der schläfer ohne gesicht...
schneemoos um den brunnenschwengel gestäubt hebt ein bild an / nie übersteigt der Fluß seine quelle eine spinnenwelle zwischen luke und stab stählt den griff / sie trug die ohrlöcher nackt und spielte sich so in sein leben........

miniature musicale III (allegretto moderato / F minor)

g e f a h r v o n t e r z i n e n / ich wer ich / ich ich bin sagt eine musik auf dem meereshut violoncell stürzen über die felder hin
fast ein vergehen abzusehn vom vakuum gottes / jenseits der zäune platanen zu köpfen gerundet abgedunkelte grußgeste im zweifelnden blick bienenschwärme der ort kein ort in die zukunft hinaus vielleicht schwankt das ende gaukelt vielleicht übergänge verwirren sich / im hohlkörper perlt eine sprache wie du und ich nur selten gehen sinne durch wände turbulenzen von draußen bleiben / anruf genügt.... die form geborgt vorgeworfen hitze klopft an die dinge ohne sichtbaren stand der bewegung traum von den immergeschichten wolkenhain vögel gleichzeitig stimmen der masken und wunder alraunenseele im mi(e)nenspiel fremd das sternbild zerstört die andere se(a)ite / vermummt / rafft sich auf raumsprung häuserfalten

aus dem gesicht eine gewohnheit / wieder die straßen verjüngt wiederkehrende pictographie...

miniature musicale IV (moderato / C sharp minor)

i c h e i n v e r s p r e c h e n das sich nicht einlöst angstlust in die inschrift der kreuze geritzt so reisen wir.... schweifen in weiten bögen der klänge / ihnen gewachsen im brustton das mag ein trost sein über der erde/
wendet die krähe sich um nach einem gebet aus den türmen des himmels gefallen / hohnlachen und wie gelähmt...
miniature musicale V (allegro vivace / F minor)

a l l e z f ü r v i e r h ä n d e /petunieneis noch am morgen mischt sich das flackern des winters ein/ spielen spitzgezogene kinderstimmen den sommer vor dumpf die rindshaut geknüppelt schäumen alte geräusche krank an den noten ein anderer stets auf dem papier spielt er die schwarzen tasten weiß im gesicht als der schuß fällt / kann es sein daß einer an Höhe gewinnt sobald der blick abrückt / taucht / aufrecht gibt ihn das wasser frei er ist sein schatten nicht untief mißt er die tiefe aus / kopflampe schwärzender docht... nie zu ertrinken bei regen verharrt das boot schnell auf offener see... aus den augenschlitzen gewiß daß der blick neben ihm liegt...

miniature musicale VI (allegretto / A flat major)

a t m e t die fehlenden sätze nach kippt sich selbst in den rücken legt sich gelenksscheren an winkt sich herbei sobald dünn eine schleuse gurgelt entkommt nicht ein Wörter ein rotes kichern bilder gesaugt in den kopf wie die bilder davor zur schärfe geätzt er schüttelt den kopf nicht ab nicht hals über kopf als der hals vor eile darüberfährt wie ein rohr / manchmal sagt er die tage rückwärts auf hinter den dachschuppen springt seine stimme zum tanz findet er aufwind blinkt der stadt in die augen wie ein flaneur steht nicht still um nirgends zu sein auf dem regenbogen ein ritt / der wind zwirbelt umrisse kinderschirme verkehrt herum fliegen drähte an fledermaus-schalen / angekündigt die fassung der dinge... danach das verspielte verspielt ...

miniature musicale VII (allegretto / C minor)

u n s i c h t b a r... kippende wände in einer umdrehung / bäume stehen im größeren winkel zur zeit klänge aus der nähe gezogen schultern den kopf stößt er aus ihnen hervor dürre wirkt nach gräbt im gehirn zwei mauern enden im selben augenblick an der kante das tier mit erhobener pfote der wind trifft sich selbst glanzlose hundeiris aufgekämmt das fell von zwei seiten /drachenkamm / eine spindel unter dem dach schreibt auf grabsteinen jede geschichte fort krustige flechte die kupfergitter entlang / mit der linken hält die rechte den schrecken ab... ausgesetzt irrt eine weise der fremde nach schließt die Tür mit dem gesicht in der Tür...

miniature musicale VIII (allegro / C major)

d a s f l i e g e n der lieder durch die gassen die stadt rauh gescheuert an mauersimsen halten an im flug wie die tauben / er zählt auf dem berg die lämmer die schafe / hält drängender ratlosigkeit nicht stand zuäußerst am tisch springt die hand über fünfzeilige saiten rettet sich aus der sehnsucht mit dem gesang im gehirn von tonfarbe zu farbton schnitzt am versguß die worttriebe neu / scharf fährt der schmerz durch den stamm krümmt den stab / wär‘ da ein arm eine lehne......

miniature musicale IX (andante / F minor)

d i e f r a g e nach dem weg in einer finsternis die mit antworten jongliert sie verjagt sobald eine seßhaft wird / keine antwort für den der frei ist / so sucht der kreis nach sich selbst geht hinaus bricht die hütende rinde.....

miniature musicale X (ritardando / F minor)

w i e   s c h ö n   eine welt / reitet gras gegen den sturm mit gerundetem rücken treibt auf der stelle die lupenkurzen erhellungen der vergangenheit / kein einhalt / tut sich der bau-plan auf ein name ein teller ein glas ein überzähliger löffel / silber steht leise im bach Nänie singt einem schatten nach zupft blaß ihr haar in den weiden....................................

ES IST IMMER EIN WEGGEHEN .....

„ die Psyche wird in das
Alter hineingerissen, ..“
(Friederike Mayröcker,
„mein Herz mein Zimmer
mein Name „)

1.

.... ein Schild dein Gesicht geschlossen die Stirn eine Feste, Stufen ins Auge Treppchen, einander näher im Aussenden der Warnlichter auf deiner Netzhaut, Widerglanz / hall zartrissige Brüche sphärische Krümmung Iris und glasfiligran / scheue Augengestalt / metallene Leuchtkraft, kühlendes Blau da wie dort, die Brauen zusammengezogen, zwei helle Geraden beinahe vereint über der Nasenwurzel / zwei dunkle Geraden beinahe ein Strich, heftiger Abbruch von Nähe in der Sprache der Hände, bedrohlich und drohend, als ginge es nun ans Leben, verneinender Kopf, japsende Enge und Auslieferung / ziellose Gesten der Ohnmacht gegen offene Arme den hilfreichen Griff / Finsternis des Erkennens hinter der Scheibe aus den üblichen Fugen geraten die Welt / Haarkranz grauweiß oder beinahe noch schwarz / durchbrochene Baumkontur da wie dort hinter Glas und schwimmende Zweige / die Lider sind dünn geworden, sagt Martha, der Lidrahmen fällt pergament gebleicht weißes Hautnetz, alternder Vogel, dessen sprachlose Sehknöpfe im schmalen Augapfelring flammen voll Abwehr / versiegende Sicht........
geschlossen die Stirn nahezu ungezeichnet vom Alter, zarte Querlinien durch steile Gräben senkrecht zwischen den Brauen gelöscht, Stirnwulst rot wie im Zorn an den inneren Winkeln der Augen, Hügel zu beiden Seiten schräg fortgesetzt bis zum Ansatz des Haars, ein großes V umschließt ihre Mitte / schattentief aufsteigender Blick, zur Schärfe die Linse gekrümmt, von außen geschlossene Räume und weit zurück die

Erinnerung / wie ein Bogen gespannt das Leben, sagt Martha, du triffst den Ausgangspunkt wieder doch warst du niemals nur diese / das Gesicht viele Male gewendet, doch immer das verbindliche Dehnen der Lippen zum Beispiel, früher sanfter die Linien von den Nasenflügeln zum Mund, Grübchenwange vielleicht / wie nett sie doch schaut, auch wenn der Blick sich heraushält das Lächeln nicht einfließen läßt, wie nett sie doch winkt mit halb erhobenem Arm und eingefrorenem Herzen / an Sichtbarkeit eingebüßt täglich ein bißchen mehr, wachsender Unwert, immer sind es die andern, die du bewundern sollst, lieben nicht unbedingt, Liebe ist nicht gefragt / dein Meister dein Prüfer die andern homo mensura, weit abseits dein Maß das nicht gilt....
dein Lächeln noch immer verkrümmt blind und von irgendwoher, nicht wirklich angestimmt, gepackt in federnde Lautlosigkeit an der Zunge beschnitten nicht hören nicht sehen, die Stimme niemals zum Leuchten gebracht / du am Seerosenteich allzeit ein Schmuck, schmuckes Haarband und Tolle über der Stirn, da sie doch unlieblich sei, viel zu hoch, bist doch ein Mädchen, ein Zierrat, hockend am Teich, Ginster und Schilf und Palmengewächs mit Wurzeln ins Erdreich geschlagen hingesetzt du mit dem weißen Gesicht eingeschnittenem Mund weil dir Lachen nicht steht so wenig wie das Verlassen gespurter Geleise / gemeißelt für alle Tage / du mit der Sorge im Blick ob du dich fügtest zum Blumenornat, possierlich posiert, die Gelenke gebeugt zum Erzittern...
abzuschatten die Augen hast du gelernt / Pausenzeichen / mit neigendem Kopf sichelnder Sehspalt, mondene Bögen darüber / manchmal wirkte es aufgestülpt das Treiben ins Innere, das hingebungsvolle, nichts vom himmelschreienden Blick, manchmal wie süßlich den einstürmenden Worten und Sätzen, den Berührungen abgegrenzt, dem Überfall der Gesichter / Tarnkappe, Auslöschung ohne Verlassen des Platzes......

2.

sie stößt trollt rollenspielt ihre Geschichte vor sich her, wie komme ich dazu, sagt Martha, komme ich weit außer Rufweite, aus der Beherrschung, Verweigerung, einer muß mit dem Reden beginnen, leere Sätze einer befremdenden Sprache, wenn sie spricht aus dem Schweigen schweigt aus dem Schweigen, der unwürdigen Laute wegen / immerfort Einhalt gebietend von Kind an trug sie den Schmerz zur Schau, die Melancholie eine Waffe unausgesetzte Verletzlichkeit, Schonzeit Einigelung, schleiernde Nickhaut aufschießendes Tränenbad Gebot ohne Widerspruch / ein Schild ihr Gesicht, das rasche, wehende Gehen, Entziehen der Schritte, eigensinnige Flucht, die Lippen verpreßt, die Ruheflächen verfälscht, man nennt sie Schneewittchen, sagt August, der abgehobenen Schwarzäugigkeit wegen der Helle der Haut / eingemummt das Gehör der schwebende Kopf oder tief gegen das Pflaster gefällt, nicht einsehbares Versteck / Krickel, man nennt sie auch Reh der täuschenden Sanftmut wegen, doch drückt sie uns allen den Stempel auf Tonstärkengeraden ihrer Gestimmtheit mit wischender Geste der Hand über die Brauen eingezogenem Blick..........

du triffst den Ausgangspunkt wieder / ohne Schuld ist nun deine Abkehr, dein Ort in der Zeit ist ungeborgen.... die Fremde des schwimmenden Ahorns im Fenster, jeder einzelnen Wand deines Zimmers mit einst gefügigen Bildern, die dich nun aussetzen aus ihrer Bezogenheit in die Vielgestalt der Gefahr........

da ziehst du die Brauen zusammen / zwei helle Geraden beinahe vereint über der Nasenwurzel zwei dunkle Geraden beinahe ein Strich, die Wangen gehöhlt in der Verkrampfung der Kiefer, sichtbar das Mahlen in den Gelenken, erregt, daß es knirscht, dein Mund ein Schnitt und Kerben von den Nasenflügeln zum Kinn / weiß ein Licht auf den Lippen.......................

ein Schild dein Gesicht gegen die Angst und die Dinge, die sich versagen mit Namen und Sinn........
so geh ich allein durch den Abschied, fern dein Gesicht eine einzige unwillige Frage / da schließt du ganz leicht das Bild einer Katze in deine Aufmerksamkeit, schlägst ein Lächeln als Brücke zu ihr, greifst mit Augen und Händen ins Schwarzfell, zeichnest mit Augen und Händen die Rundung des Kopfes, verschwommenes Tasten Lauschen gebannt ins ungezwungene Mienenspiel / die Antwort fällt milde in mein Gesicht, für Sekunden findet es Platz in deiner Geschichte....

PAROXYSMUS

Höhepunkt eines Anfalls

Mir die Arme vom Leib gerissen, gestreckt, ausgebreitet, auseinandergerückt, um deine Mitte gelegt, ohne die Hände zu heben, ohne in meine Nähe zu gehen lagen deine Arme an dir, eng an die Rippen gedrängt, eng an die Hüften, auf Stöcke geschoben, dein Rücken Säule aus Stein, Beine um Halt ineinander klammern die Knie, zerpreßte Bewegung, erstarrter Aufstand gegen den Grund. Erde, die du nicht fühlen konntest, die sich forthob von dir, Sohlen im Ungewiß mit einemmal, in der Luft, sagtest du, halte mich fest, ich drehe mich über den Schächten. Spiegelungen im Grau verschwimmen, verschmelzen, Halden, die Halden gebären, Schritte und schwarz an den Schritten. Unzählig tief wie viele Gräben, wie viele Tiefen... Du die Wüstengräben geöffnet, hinausgeworfen in deinen Umlauf geschnellt und eingegossen in dein Gerüst. Zitternd gegen die Mauer die Gitter, längs und quer die Stäbe, in dich geschüttelt, Fesseln und Blei. Gegen die Gitter glüht mir das Fleisch auf, tausend lappende Zungen, reibende, sägende Ränder, klafft mir die Brust hörst du, springende Flügel taumeln mir Farben hinein, Ströme schnüren wie aneinander, steigen stürzen, rasender Auswurf und Sog. Atem sucht über die Stränge, es wird Nacht, sagtest du, nehmt mir den Blitz von den Lidern und die Sonne ist längst nicht mehr. Dennoch kaum zu erblinden... die Straße zerbricht, winkelt unzählig, Segmente, räudiges Fell Asphalt, abgezirkelte Fäulnis. Mauern so dicht Stäbe so dicht längs und quer und kein Riß...

Glocke aus Stimmen festsitzend um deinen Kopf du eingenäht in die Blicke Stirnnähte ratlos, geschwungen gewellt in Spitzen gelegt legtest du Hand an die Stirn wie zum Gruß, oder nur wegzuwischen Blitze und pfeilende Stiche. Abfeuern von Wortkugeln Feuer und Eis, Zäune aus Köpfen Schultern, Lautschlingen dich einzufangen, hineinzupressen in dich, zu-

rück in geschachtelte Läufe. Gebot, das den einen zum andern durchzieht den einen den andern, sich an Umrisse legt, einzuebenen zu glätten die Flächen, nicht stolpern und fallen fallen darfst du gefallen bliebest du liegen. Durchsicht geschlürft mit der Luft, ein Gebot, daunenzart auch alle Schrecken, solang es sich hält...
Dunkle Mollusken Angst witterte dich, webende fingernde Tücher, Lieder liefen zusammen, Kerzen rannen zu Boden, Einheit der Tasten. Nachhall ohne Kontur, Kreisel mitten im Raum, Farben rissen zurück gläsern und stumpf... Deine Knie gefaltet Arme umrangen die Brust, jeder Laut in die Grüfte getragen, es kommt nichts mehr, sagtest du, ich falle zum Bunker der Sprache. Mauern so dicht Stäbe so längs so quer, deine Beine liefen im Stehen, lebtest du nicht mehr in deinem Gesicht, Schnee lag darin und schüttelte dir die Wangen, gellender Tunnelmund. Klirrte dein Blick. Und jetzt, sagte einer, ist alles in Ordnung hast du die Sprache verloren, bebten die Wangen erneut, log dir das Bild eine Klarinette ins Gras. Du kanntest das Singen der Amseln, plötzlich die Männchen Gold in der Kehle, stießest ans Haar einer Lärche, alles ganz klar, wo du warst. Oben werden sie sein mit dem Schluchzen der Bläser, rund um den Tisch, die Augen mit Händen bedeckt, nichts zu sehen in klagenden Tönen, sollte bei ihnen sein, sagtest du. Doch das Amselmännchen, Gold in der Kehle, trat dir den Schuh, nur ein Satz, ihm zu entkommen...

Und wieder die Angst und wieder die Enge, Luft warf Scherben um dich graugerändert, gelb die Nadelspitze im Schwarz hackte den Schuh auf, stach dir ins Fleisch an die Schneide gelegt, Schnee trieb aus deinem Gesicht, stattdessen war Blut. Traf dich hinter die Augen, du fielst dir ins Knie, dem Ansturm noch zu entgehen, deine Linse zerbrach hinter Körpern aus Glas. Klarinette, so dachtest du, hieltest dich an dem Einfall fest, sahst auf die Uhr, rund um den Tisch dort solltest du sein, längst würde sie sprudeln und rülpsen und glucksen ein Lachen vielleicht in die Augen. In die Polster gelehnt, zerris-

sen die Häute zerrissen der Abend die Nacht, mir in die Arme geschmiegt Schlaf Kindlein schlaf... Einziehen in meinen Schlaftaumel so suchtest du mich suchtest die Orte ab um meine Ruhe, fandest nur Worte rannen an deiner Schulter zu Boden, es gab nichts zu vernehmen.
Ein Schatten mein Schatten riefst du, an die Hauswand gewebt so sieh doch dort oben, wir spielen einander Schatten ins Herz das Herz aus dem Leib alles was falsch ist. Spielen die kehligen Worte, längst eingedorrt in den Schlündern treffen sie nicht, ausgezogen den Klang fallen ungerüstet den Panzern nicht mehr ins Wort. Nicht mehr ins Wort, sagtest du, wie soll ich denn leben mit Wortbäuschen Wortknebeln zurückgeborstenem Glast. Wie soll ich denn leben, glattgefeilt an lächelnden Messern, am Lachen gebogener Schärfe. Wie soll ich denn, eure Bühne, Schatten im Schattenwams, wie soll ich denn, neigt ihr euch je über die Dielen, legt ihr denn je das Ohr an die Gruft, schiebt ihr den Stein fort, seid ihr denn je in Abgründen erstickt... Den Worten den Klang ausgezogen, zu sehen, was bleibt, müßte euch spalten in Stücke, aufstechen euer Schweigen mit Nägeln und Schwert. Aus den Schatten getreten, aus dem abgestorbenen Schweigen, wie säht ihr einander säht ihr einander erstmals wie säht ihr einander wie..

Für J.

SPRECHPAUSE / ZERO

bin mit
im verlauf
mit verlaub
auf dem an der und
anderswo

setze meinen eskapismus tagtäglich in eine andere richtung aus jeder fixierung, gemeinsamen anmutung, da schon der morgen seine stunden auf dieselbe schreibfläche wirft, ziehe ich meine routen über die haustür, man trifft mich nicht an, nach oben geöffnet die skala jeglicher ortung: wüstwärts Masante oder zum eisverschollenen see mit den abgetauchten gesichtern, biographien, dem wiederkehrenden bootsausschnitt um den hals. keine fruchtblase von mund zu mund gleicht ihrem ursprung, so liefere ich mich nicht der einrede aus, jeder kopf erschafft seinen rahmen, so geh ich nicht mit. mein runensänger deutet mir an, wo niemand mich kennt, wir drehen flugs an der sanduhr, eine leinwand meine arena, sprühregen über dem land fresh in the morning, leuchtstoff an unterarmen und hand, in den rhythmus eingeschwungene stirn. die brennweite verstellt, eine mühle im bildhintergrund, kaffeemühle unter dem kleidsaum, bleiglatt das meer gegen die wand Vermeer zugleich dunst, seeleninsektchen auf stelzen, im bücken verschmitzt. dann Flavins getöse in weiß, blaue flirren und gelb zerstäubende epiphanie, die ruhe zum viereck, dreieck gedrängt, an den Rändern zündel, die netzhaut infiltrierendes zisch.
stets die simulation eines zwiegesprächs, des brückenschlagens über das tal(!) das haus lebt, ruft jemand, und die frau im schlammgrünen kleid klebt blätter vom papier an den baum, hinter dem autobahnkreuz liegt die welt auf montage, man sieht nur bis zum gehöft, die fenster offen für keine musik.
emigriere ich aus dem geruder, wandere ein in die lautlosigkeit, hänge meine gußform ans serienschloß, zweidimensionale

gedankenflächen in köpfen aus eben holz, winde die deutung der zeichen fest um den pflock, verdichtete internität zum schwarzen punkt. laufe ich aus, unvermessen, nütze den weitesten spielraum nahezu uferlos. ein / falten des vorhangs vor dem blickdichten tag, tückische schicht seidenhauch, laufe ich aus dem bestickten background höriger stimmen, aufgedrängter melismen, in mein gefangenenhaus um zu entkommen (!) hefte aus eigenen stücken den text meiner welt lapidar an die Tür, knattert die leine im sog hoch über wolkenfontänen, loses flug / fluchtkondensat, platt an die erde gedrückt weit zurück rosenstichsüchtige spinnstubenarchitektur...